Couleur indigo

Christiane Saerens

COULEUR INDIGO

Roman

© 2024 Christiane Saerens

Édition : BoD · Books on Demand GmbH,
In de Tarpen 42, 22848 Norderstedt (Allemagne)

Impression : Libri Plureos GmbH, Friedensallee 273,
22763 Hamburg (Allemagne)

Illustration : Image conçue par Freepik

ISBN : 978-2-3225-3815-7

Dépôt légal : octobre 2024

Septembre 2024

L'envie d'écrire est un merveilleux sentiment qui m'émoustille depuis bientôt dix ans. Des éléments déclencheurs, pas toujours agréables certes, en sont à l'origine.

Après une épreuve douloureuse en 2012 et suite à de nombreux encouragements familiaux et amicaux, je publie en 2019 mon premier roman « La demoiselle de Montoya. » Une aventure qui m'apporte un souffle dans ma vie quelque peu tourmentée et qui donne naissance à un tout nouveau plaisir : celui d'imaginer, de voyager à travers l'écriture.

En 2022 paraît mon deuxième roman « Les révélations du désert. »

Toujours soutenue par mon entourage et mes lecteurs, je poursuis mon chemin de retraitée dans cet univers littéraire. Curieuse, je parcours des chemins de fiction où je croise des personnages remplis d'émotions, de rêves et aux vécus parfois réels.

Depuis 2023, j'habite un petit village landais situé près de Mimizan. Proche de la forêt, de lacs et de cet immense océan, je m'inspire de ces lieux magiques pour continuer mon aventure.

Je vous propose mon troisième roman, éclaboussé de cette incomparable « couleur indigo » qui m'a guidée tout au long des pages.

***

À mon amie Corinne,

Prologue

Bordeaux, début d'année 2010

« *Éveille-toi, maman, éveille-toi !* »

Je suis profondément endormie. La petite voix de Noah essaie désespérément de se frayer un chemin dans le brouillard épais où je baigne. Encore l'effet de ces médicaments, mais sans eux, je n'aurais pas tenu le coup.

« *Éveille-toi, maman, Noah y veut coloier...* »

Une douce chaleur frôle ma joue. Peut-être la caresse de sa petite main ? Cette fois, je dois ouvrir les yeux, mon fils me réclame. Mais mes paupières sont lourdes et je peine à les soulever. Le voile de plomb qui obstrue ma vue semble pourtant présenter des signes de faiblesse. J'aperçois alors un mince filet de clarté. Si fin, que je me demande si ce n'est pas le fruit de mon imagination. Tout est trouble, si trouble. Dans cette brume opaque, la bouille ronde de Noah se dessine, indéfinissable. Seuls deux rayons intenses me traversent et me touchent en plein cœur. Bouleversée, je redouble d'efforts.

C'est alors qu'apparaît en arrière-plan un autre visage. Nébuleux, lui aussi. Un homme jeune, semble-t-il, au regard aussi ardent que celui de mon fils. L'espace d'un instant, j'ai soudain une sensation étrange et douloureuse qui m'envahit. Un sentiment inexplicable, dérangeant. Mais qui est-il et que fait-il dans ma chambre ? Ce n'est pas sa place. Seul Jérémy peut être là, près de nous, mais il est parti, sans laisser le moindre mot.

Chapitre 1

Bordeaux, mardi 4 mars 2008 - Jérémy

Depuis une heure, mes yeux parcourent les annonces de location sur mon ordinateur portable. Je souffle car je ne trouve rien qui me convienne.

Trop cher, l'appart. Ah… celui-ci trop petit, et cet autre… un peu loin du centre-ville. Quelle idée aussi de vouloir se marier ! Mon colocataire et collègue de travail, Benjamin, veut épouser sa chérie et qui plus est, la rejoindre dans la région parisienne. Je suis un peu déçu car cela ne va pas simplifier notre association professionnelle.

Depuis tout jeune, j'ai souvent souhaité voyager aux quatre coins du monde, découvrir la vie des autres, saisir un paysage, un regard, un sourire, une émotion. Cette envie d'évasion et de découverte vient certainement du fait que je me suis senti très vite à l'étroit chez moi, dans ma famille. Ou plus exactement, pas à ma place. Pour être franc, peut-être aussi mal aimé par mon père qui a toujours affiché une nette préférence pour mon grand frère Bastien.

Nous avons seulement deux ans d'écart, une ressemblance proche de jumeaux, mais un fossé nous sépare. Lui, c'est l'érudit, le studieux, le calme. Moi, c'est l'inverse. Une vraie pile électrique, bruyant, bavard, toujours prêt à inventer des jeux insensés, à mettre mon frère au défi de faire mieux que moi. Pour sauter, courir, grimper, nager... Combien de fois ma mère m'a repris, combien de fois mon père m'a puni, car évidemment, le responsable, c'était toujours moi. C'est vrai, j'ai profité de la docilité de Bastien, de son caractère paisible, dans le seul but de capter l'intérêt de mon père. Mon grand frère est souvent intervenu pour me défendre, essayant de rééquilibrer en vain la situation : « Mais je l'ai fait, papa, parce que j'étais d'accord, ce n'est pas entièrement la faute de Jérémy ! » Mauvaise chute de vélo après avoir fait la course, mauvaise chute d'un arbre après avoir cherché qui grimperait le plus haut. Quand mon tour arrivait de me blesser, la compassion paternelle était rapide et j'avais vite droit à un : « Tu n'as qu'à faire un peu plus attention, Jérémy ! »

Ces défis entre mon frère et moi ont duré toute notre enfance, toute notre adolescence et même encore après, lorsque notre père fortuné nous a permis de découvrir les sports de glisse, été comme hiver, et la conduite des véhicules à moteur. Deux roues, quatre roues, nous n'avons jamais manqué de rien. Adrien Duplessis a toujours été généreux avec les siens. Son métier de marchand de biens immobiliers et de gestionnaire d'agences entre Paris et Bordeaux nous a royalement mis à l'abri du besoin.

Seulement, j'étouffais dans cette famille et je n'avais qu'une envie, celle de m'en éloigner. Heureusement, ma mère, Florence, m'a souvent protégé de la dureté verbale de mon père. Diplomate et concise dans son langage, elle stoppait rapidement les emportements souvent injustifiés de son mari. Même si je ressentais une certaine tension grandir entre mes parents, ma mère n'a pas lâché. Sa présence et ses interventions m'ont maintes fois été d'un grand secours. Bien présente, oui, son métier de traductrice littéraire lui permettant de travailler à domicile. Nous habitions alors une belle demeure bordelaise située dans le quartier des Chartrons.

Tandis que Bastien projetait de devenir chirurgien spécialisé en neurologie, moi je rêvais d'évasion. J'ai alors entrepris des études de journalisme dans le but de me lancer comme reporter de voyage. Avec le porte-monnaie de papa et ses relations, il n'y a eu aucun problème pour avancer dans la voie professionnelle choisie. Mais c'était sans compter avec les vicissitudes de l'existence…

Finalement, j'ai fini par trouver mon bonheur dans ma recherche locative. Vous allez certainement vous poser la question suivante : pourquoi ne pas avoir demandé l'intervention d'Adrien Duplessis, mon père ? Parce que j'ai vingt-six ans et que depuis trois ans, depuis le divorce de mes parents en 2005, j'ai pris une grande distance avec mon paternel. Un recul effectué avec une multitude de choses d'ailleurs, qui me brouillent le cerveau depuis un long moment.

Montant dans le tram cours Alsace-Lorraine, je me dirige vers la place de la Victoire où se situe l'agence qui m'intéresse. Dix heures du matin. Le ciel bordelais disparaît sous une chape nuageuse, m'enveloppant d'un air frais et humide. Je frissonne. Vivement, je remonte le col de mon blouson et marche d'un pas rapide jusqu'à ma destination. Les yeux rivés sur la vitrine de l'agence, je consume tranquillement ma première Camel de la journée. Balayant du regard les annonces, m'arrêtant sur certaines photos avec un œil critique, je finis par repérer l'appartement qui me plaît.

Sans plus attendre, j'écrase ma cigarette dans le pot de résine[1] rempli de terre placé au coin de la vitrine. Geste récent auquel je m'habitue depuis un an, puisque nous ne pouvons plus fumer dans les lieux publics couverts et fermés. Je pousse la porte d'entrée. Au fond du bureau, deux jeunes femmes se trouvent en pleine discussion. Elles s'arrêtent instantanément pour m'accueillir.

— Bonjour monsieur, vous désirez ? me demande la petite brune au visage sympathique.

---

1   Petit récipient conique en terre cuite utilisé jusqu'au vingtième siècle lors du gemmage pour récolter la résine des pins des Landes.

— Bonjour, j'ai trouvé sur votre site une offre de location pour un T3 situé place Gambetta. Elle figure d'ailleurs en vitrine.

— Très bien, je vous laisse en compagnie de ma collègue, Ambre, elle va vous renseigner.

La petite brune, un peu enveloppée, me sourit courtoisement et disparaît dans une pièce annexe. Mes yeux se tournent alors vers la jeune femme prénommée Ambre. Vêtue d'un pantalon noir et d'un pull bleu lavande, je remarque sa silhouette agréable. Elle doit avoir une vingtaine d'années. Elle est un peu plus grande que sa collègue et possède assurément quelques kilos en moins. D'un pas léger, elle se dirige vers un bureau. Le sien, je suppose, au vu de la pancarte posée dessus qui porte son prénom.

— Je vous en prie, asseyez-vous, me demande-t-elle aimablement.

— Merci, dis-je tout en prenant place.

Tandis qu'elle met de l'ordre dans les quelques papiers étalés devant elle, je l'observe discrètement. Ses cheveux, lisses et blonds comme les blés, sont coupés au carré au niveau de ses oreilles. Chaque lobe se pare d'une petite perle grise. J'admire la finesse de sa peau, son teint légèrement doré, ses joues à peine rebondies et le tracé ourlé de ses lèvres. Il est tout simplement divin. Quand elle relève la tête, la douceur de son regard argenté finit par me déstabiliser complètement.

Quelques années plus tôt, j'aurais déjà eu une phrase toute prête pour commencer un plan de drague, pour attirer son attention. Seulement voilà, le beau Jérémy au charme irrésistible a perdu de sa superbe et de son bagout. Le flambeur n'est plus.

Les seuls mots qui sortent de ma bouche sont franchement d'une banalité à pleurer : « C'est un très joli prénom, Ambre. »

Chapitre 2

Ambre, le même jour

— T'as vu, Ambre, le mec en face de la vitrine ? murmure discrètement ma collègue Maria à mon oreille.

Toutes deux au fond de l'agence, nous tournons le dos à la devanture. J'effectue alors une légère rotation de la tête pour essayer de voir le mec en question.

Grand, mince, une main dans une poche de son jean, l'autre tenant une cigarette, il parcourt des yeux les offres de location.

— Qu'est-ce que tu veux que je voie, qu'il a oublié de se coiffer ce matin ?

— Exactement, me répond immédiatement Maria, « Madre de Dios ! » si ma mère m'avait vu sortir comme ça, je crois que j'aurais dû encore réciter deux « Je vous salue Marie » et trois « Notre Père » ! Les punitions qu'elle me donnait quand j'étais môme, car me coiffer, figure-toi, je n'ai jamais aimé ça !

Je souris sans lui répondre, jetant au passage un coup d'œil admiratif à sa chevelure d'ébène, à ses mèches soyeuses et souples qui ondulent naturellement sur sa nuque. Même si elle se contente d'un coup de brosse, le résultat est tout à fait acceptable.

Il y a deux semaines maintenant, monsieur David, le responsable de l'agence, a signé mon contrat d'embauche, comptant sur sa collaboratrice, Maria, pour compléter ma formation. Étant âgée de vingt-deux ans et débutant dans la profession, son investissement m'est précieux. Ma formatrice est une pétillante jeune femme de trente ans au professionnalisme confirmé, agréable, spontanée et pour le moins surprenante. Un rayon de soleil d'origine espagnole, à l'éducation religieuse très prononcée, comme vous avez pu le constater. Généreuse, elle souhaite le meilleur pour moi-même et ce, dans tous les domaines. Elle s'investit particulièrement pour mon bien-être. Me sachant célibataire, tout comme elle, mais avec une particularité cependant, puisque l'appellation exacte est « mère célibataire », Maria attire mon attention sur tous les hommes susceptibles d'être de bons maris. De plus, il serait important de trouver un bon père pour mon petit garçon âgé de trois mois.

Rémi, le collègue de travail qui s'occupe plus spécialement des ventes immobilières, a déjà été mis en avant : la trentaine aussi, divorcé et père d'une petite fille âgée de trois ans. Maria a déjà remarqué les regards discrets et admiratifs qu'il lance sur ma personne mais en ce qui me concerne, son physique enveloppé, son mètre soixante-cinq et son œillade fauve ne m'attirent absolument pas.

Aujourd'hui, entre en piste une autre candidature. Un homme un peu plus jeune que Rémi, semble-t-il, vient de pousser à l'instant la porte de l'agence.

Son allure me donne l'impression qu'il sort de son lit. Pas au point de porter des vêtements froissés ou de n'être pas passé par la salle de bain — enfin, je suppose, n'étant pas à proximité de sa personne —, mais son visage témoigne d'un réveil difficile. *Ce gars a passé une nuit blanche ou il a des soucis !* pensé-je en moi-même. Un teint pâle, des yeux cernés, tristement clairs, des cheveux d'un blond foncé, tout bouclés comme ceux de Maria, mais tout en bataille. Des joues creuses et une barbe naissante me font face. Les traits de sa figure sont pourtant harmonieux et son corps, malgré une minceur prononcée, laisse deviner une pratique sportive régulière.

Tout en ressentant une légère compassion pour cet homme à l'allure bien morose, j'accueille Jérémy Duplessis.

Chapitre 3

La rencontre avec Jérémy Duplessis

Je ne sais pas ce que j'ai pu produire comme effet sur cet homme, mais je l'ai vu se transformer en très peu de temps. La visite de la location sélectionnée, place Gambetta, ne s'est pas concrétisée. Les fenêtres de l'appartement donnant sur une arrière-cour n'ont pas du tout emballé Jérémy Duplessis. S'en sont suivies alors d'autres recherches et d'autres visites.

Chaque fois, j'ai constaté les efforts de ce garçon pour être plus présentable, plus bavard, plus souriant. Des changements qui ne m'ont pas du tout laissée indifférente. Je ne m'explique pas pourquoi, mais au fil du temps, ce Jérémy a fini par me troubler, par m'intriguer. L'intonation de sa voix, chaude et grave à la fois, les traits harmonieux de son visage, son regard tantôt admiratif, tantôt évasif, son allure...

Avril a pointé son nez quand je me suis surprise à engager de grandes conversations avec mon miroir, à scruter mes formes, à les jauger. Hanches et poitrine m'ont laissé un sentiment près de la déprime, les trouvant encore bien trop rondes à mon goût, tandis que mon tour de taille et le galbe de mes jambes ont eu droit à un regard satisfait. Je soupire néanmoins, impatiente de reprendre mes contours d'avant Noah. Puis je fais la moue, pensant à mon petit bonhomme qui n'a rien demandé, mais qui risque de ne pas faciliter mes rapprochements amoureux avec la gent masculine. Sauf si je n'envisage que des relations sans lendemain, ou bien si j'accepte une liaison ennuyeuse, sans attraits, dans le seul but de donner un père à mon fils. Une idée qui me fait tout simplement grimacer, m'efforçant par la même occasion d'éloigner de mes pensées un souvenir ineffaçable. Aussitôt, le visage de ce Jérémy Duplessis réapparaît devant mes yeux. Je reprends alors l'examen approfondi de mon profil en me persuadant que mon mètre soixante-huit, mes soixante-deux kilos, mon caractère sociable et mes yeux particuliers souvent comparés à deux perles grises vont bien contribuer à plus d'intérêt de sa part.

Ce que j'ai pu constater sans problèmes par la suite. Durant les visites qui se sont succédé à un rythme assez régulier, son regard s'est attardé plus souvent sur ma personne, appréciant la coupe de mon manteau, la couleur de mon écharpe, ma silhouette, plutôt que d'évaluer l'agencement des pièces à vivre et leur orientation. La porte du bien à louer refermée, il a toujours conclu la visite de la même façon : « Vous savez, mademoiselle Lemercier, j'ai encore un peu de temps devant moi pour me décider, je vais donc me donner une chance de trouver mieux. »

Quinze jours plus tard, nos rapports prennent une tournure toute différente. La recherche d'une location a été légèrement reléguée au second plan. Attablés dans un bar du centre-ville devant un café, Jérémy Duplessis m'a fait voyager en parlant de son travail de reporter. Dans une semaine, il devrait d'ailleurs parcourir les rues de Vienne en Autriche, chargé de tout son matériel photographique. Puis il a abordé avec retenue sa vie privée. Un survol rapide qui se résume en quelques lignes. Je sais simplement qu'il vit à Bordeaux depuis sa naissance, qu'il a vingt-six ans et un frère de deux ans son aîné, prénommé Bastien. Ce dernier a émigré aux États-Unis pour finir des études de médecine en neurologie. Ses parents sont divorcés depuis trois ans. Son père, Adrien, un professionnel de l'immobilier, vit à Paris et sa mère, Florence, traductrice littéraire, s'est installée près de Biarritz, à Anglet.

Au retour de son voyage à l'étranger et à la sortie d'une visite d'appartement encore infructueuse, je constate avec joie ce qui trotte dans la tête de cet homme attrayant.

— J'ai encore deux mois pour trouver un logement, me rassure-t-il, le préavis de ma colocation ne se termine qu'à la mi-juillet. Je vais pouvoir ainsi profiter davantage de votre présence, ajoute-t-il tout en affichant un air ravi. Les beaux jours du mois de mai se profilent, et vous sachant libre, nous pourrions envisager un resto, une toile, une petite balade le long des quais ou une sortie sur le Bassin d'Arcachon ? Ce qui vous fera plaisir en fin de compte...

Agréablement surprise, je lui réponds par l'affirmative, tout en me disant que le moment de vérité sur ma vie ne va pas tarder à faire surface.

— Et puis, je pense que vous êtes d'accord pour que l'on s'appelle par nos prénoms et que l'on se tutoie ? Monsieur Duplessis, mademoiselle Lemercier, ça fait un peu bourgeois, non ?

— Absolument, lui dis-je dans un éclat de rire. Mais dans tout ça, il va bien falloir vous trouver un logement, enfin, te trouver un logement.

— Oui, me répond-il, mais pour ça j'ai une petite idée qui commence à me trotter dans la tête.

Accompagné d'un regard étincelant, il saisit ma main pour y déposer un léger baiser. Un doux baiser plein de promesses. *Bon, me dis-je, je crois que c'est parti, j'ai l'impression qu'il ne désire pas qu'une simple aventure sans lendemain. Son idée pour le logement, ce geste un peu révolu mais si délicat pour m'embrasser, ses regards appuyés... je vais devoir lui dire pour Noah...*

Le moment propice se présente alors. Marchant tranquillement, main dans la main, le long des quais de la Garonne et appréciant la douce chaleur du mois de mai, j'entraîne Jérémy vers un banc.

— Je dois te parler, lui dis-je d'une voix peu rassurée.

Je prends alors une grande inspiration pour évoquer mon année particulière 2007 et mon imprévisible incident de parcours. Cet épisode inattendu, saisissant, qui a fini par se conclure neuf mois plus tard.

Déconcerté, Jérémy me regarde sans broncher. Je lis bien dans le ciel de ses yeux une profonde surprise qu'il exprime rapidement.

— Neuf mois plus tard ?… tu es… maman ?

— Oui, avancé-je maladroitement. C'est un petit garçon qui se prénomme Noah et qui est né le deux décembre de l'année dernière.

Le silence s'invite. Immobiles sur ce banc, comme si nous étions collés sur les planches de bois, Jérémy me tient toujours la main, les yeux dans le vague. Tremblante, je perçois la fragilité de l'instant, épiant la moindre expression du visage de cet homme, la moindre clarté rassurante dans ses yeux étonnés, le moindre mouvement significatif de ses lèvres. Puis, au bout de quelques minutes, comme un soleil qui paraît à l'horizon, Jérémy soupire et finit par me sourire.

— Alors, quand est-ce que tu me le présentes, ce petit ?

Je suis abasourdie par la rapidité de sa décision.

Les événements prometteurs s'enchaînent alors. Une rencontre un dimanche après-midi au jardin public, Noah dans son landau, quelques escapades nocturnes dans les rues bordelaises mais aussi dans son appartement, profitant de l'absence de son colocataire. Sans aucune résistance, je me retrouve contre le corps de celui qui m'accepte telle que je suis, appréciant la douceur de ses baisers, la caresse de ses mains.

La petite idée de Jérémy pour se trouver une location a continué son chemin. Ce n'est plus un T3 qu'il désire mais un logement un peu plus grand pour vivre avec moi et mon fils. Un projet d'autant plus réfléchi, me sachant hébergée encore par mes parents. Enthousiaste, il s'est montré très convaincant pour faire tomber mes réticences. Pour ma part, j'ai objecté le côté précipité de la proposition.

Les derniers jours de juin ont été très mouvementés. Aidés de mes parents, de mes collègues de travail et de l'associé de Jérémy, nous avons cependant procédé à notre installation commune dans un beau et grand logement situé près du cours Alsace-Lorraine, à quelques rues du domicile de mes parents. Un choix calculé pour faciliter la garde de Noah. Notre aménagement s'est passé en toute simplicité, sans cérémonie, sans promesses, avec le simple désir de nous retrouver tous les trois, Jérémy, Noah et moi.

En faisant le bilan de ces derniers mois, je ne peux m'empêcher d'être surprise par la rapidité avec laquelle les événements se sont déroulés. La naissance de Noah, la signature d'un contrat d'embauche, la rencontre avec Jérémy et notre décision de s'installer en couple. Ma collègue, Maria, tout aussi impressionnée par cet enchaînement époustouflant du destin ne cesse de bénir les cieux.

— « Madre De Dios ! », c'est ce qui pouvait arriver de mieux pour toi et ton petit !

— Un peu précipité, tu ne trouves pas, toi ? En vérité, on ne se connaît pas tant que ça, Jérémy et moi. Du moins, moi, je ne connais pas grand-chose de lui. Pourtant, on est attirés l'un par l'autre.

— Je sais, répond Maria, tu as déjà évoqué son côté mystérieux, parfois réservé et son manque de spontanéité à se confier sur sa famille. Tu as quelques doutes pour l'avenir, mais attends de voir, tout peut changer et puis tu n'es pas mariée avec lui, alors…

— Je sais, oui, mais je m'aperçois qu'il est loin d'être bien dans sa peau. Nous passons pourtant de merveilleux moments ensemble et il adore Noah. Son visage rayonne quand il s'occupe de lui, mais pas plus tard que la semaine dernière, une de ses réflexions m'a surprise.

— Ah bon ? rétorque Maria. Sa réflexion au sujet de quoi ?

— De la couleur des yeux de Noah. Tout bêtement. Dès qu'il s'y attarde un peu trop, son visage se transforme et parfois, le temps d'une phrase, la magie de la relation entre eux deux disparaît. « Cette couleur me rappelle les yeux de mon père ! » m'a-t-il dit alors d'une voix étouffée où j'ai senti pointer une légère irritation.

— Ne t'inquiète pas trop, Ambre, et donnez-vous du temps. Un jour, tu en sauras davantage.

— Non, je ne m'inquiète pas trop mais tout de même...

Chapitre 4

Du côté des Duplessis

Si j'ai appris à connaître cet homme, à apprécier sa douceur, ses attentions, si mon cœur a fini par battre pour lui, il n'en reste pas moins qu'une grande partie de sa vie passée — et présente — reste toujours un mystère pour moi.

Le temps a défilé ainsi, sans que rien d'extraordinaire ou de nouveau se produise. J'ai continué mon travail à l'agence, Jérémy le sien, rythmé par ses voyages et ses nouveaux déplacements à Paris pour rencontrer son associé, récemment marié et installé dans la capitale. Noah a poussé comme un champignon, adulé par mes parents. À la fin de l'année 2008, il nous a enchantés en déballant ses cadeaux au pied du sapin, tout fier de se tenir debout sur ses petites jambes potelées et vacillantes. Jérémy s'est senti tout chose quand il a entendu Noah prononcer le mot « papa. »

Et moi idem. Même si... Jérémy... Chassant cette pensée gênante, je me suis dit que l'important c'est le bonheur et le cadre de vie de Noah. L'amour d'un père, d'une mère, d'une douce mamie et d'un papy « gâteau. » À ce sujet, j'aurais bien voulu plus de Duplessis autour de la table festive pour les réjouissances traditionnelles de fin d'année. Mais depuis notre installation commune, aussi romantique soit-elle, aussi douillette soit-elle, je n'ai rien appris de plus concernant la famille de mon nouveau compagnon. J'ai dû me contenter d'un condensé de mots et d'une dizaine de photos familiales loin d'être récentes. Aucune d'Adrien Duplessis. Si son père ne fait plus du tout partie de son univers, Bastien et sa mère ne sont pas tout à fait logés à la même enseigne. Je sais que Jérémy communique avec eux, mais si peu en vérité. Florence ne met plus les pieds à Bordeaux depuis son emménagement dans le Pays Basque et Jérémy l'a rarement croisée dans sa nouvelle demeure près de l'océan. Quant à son frère... il ne m'en parle pas.

Lasse de cette situation et souhaitant un foyer plus harmonieux pour mon fils, je me suis promis de ne pas lâcher Jérémy d'une semelle. Jusqu'à ce que j'en apprenne plus sur sa famille, jusqu'à le persuader qu'il serait temps de leur apprendre mon existence et celle de Noah, puis d'envisager peut-être une première rencontre avec sa mère. Un programme délicat qui s'annonce pour la nouvelle année.

Ma ténacité, mon côté persuasif, mêlés d'une grande douceur a fini par ébranler la muraille dans laquelle mon compagnon s'enferme depuis je ne sais combien de temps.

Après avoir couché Noah et pris un léger souper digne d'un soir de février particulièrement frileux, nous nous sommes rendus au salon pour nous détendre de notre journée de travail. Pelotonnés sur le canapé parmi des coussins moelleux et confortables, Jérémy a fini par me faire quelques confidences.

Rapidement, il m'a raconté son enfance et son adolescence. J'ai deviné un vécu difficile pendant cette période, dû à des rapports tendus avec son père. Au cours de ces années, la présence, le soutien et l'amour maternel ont contrebalancé la rigueur paternelle. Puis en 2005, quand le couple s'est séparé, la distance s'est installée entre la mère et le fils. Tous deux, assurément perturbés par cet événement. Ils se sont beaucoup moins parlé et Florence, âgée alors de quarante-neuf ans, s'est éloignée géographiquement, quittant Bordeaux pour aller vivre près de Biarritz, à Anglet.

Très affectée par sa rupture sentimentale, elle est partie chercher du réconfort auprès de sa famille. Notamment Martine, sa cousine, veuve depuis peu et avec qui elle a partagé tant de choses depuis l'enfance, l'a accueillie à bras ouverts.

— Tu sais, soupire Jérémy, ma mère et moi, on n'est pas fâchés, mais depuis son divorce, elle n'est plus tout à fait la même. Elle a pris de la distance avec tout, certainement désireuse de faire le point avec elle-même. J'ai respecté son choix, ne lui rendant visite que très rarement. Son regard éteint me rend tellement triste !

— Mais cela va bientôt faire quatre ans maintenant, objecté-je, tu n'aurais pas envie de la voir plus heureuse, ta maman, de la rendre plus joyeuse en lui apprenant ta nouvelle vie ? La présence de Noah peut lui être bénéfique ! Enfin, je pense. Ta mère me semble très maternelle, très aimante, elle t'a soutenu quand tu étais petit. Elle aime les enfants, il n'y a aucun doute. Et tu vois combien mes parents rayonnent quand ils sont avec leur petit-fils !

— Oui, je m'en rends bien compte, me répond-il tendrement, et je sais que pour Noah, c'est tout aussi important pour son développement.

— Alors, pourquoi tu ne lui dis rien à notre sujet, tu penses que je vais lui déplaire parce que j'ai un enfant qui n'est pas de toi ?

— Ma mère n'est pas comme ça et on n'est pas obligés non plus de tout expliquer, rétorque Jérémy, un peu sur la défensive. Le souci, ce n'est pas elle mais plutôt moi !

— Comment ça, toi ?

— Comme tu as pu t'en apercevoir, m'explique-t-il, j'ai beaucoup de mal à… à être en paix avec moi-même et à me faire confiance...

— Je ne comprends pas très bien, qu'est-ce qui te pèse comme ça et pourquoi tu doutes de toi ?

— Laisse tomber, me répond-il tout en se levant avec une mine légèrement contrariée. En attendant, poursuit-il, me prenant délicatement par la main et m'attirant contre lui, je te promets de réfléchir pour rendre visite à ma mère. Aux beaux jours par exemple ...

— Bonne idée, enfin ! m'exclamé-je, tu fais des projets... Et pour ton frère, tu penses faire quoi ?

— Eh bien, pour mon frangin, la prochaine fois que j'ai de ses nouvelles, je lui en donnerai des nôtres.

Un bon mois s'est écoulé. Doucement l'hiver a tiré sa révérence, laissant les fraîches et subites ondées de mars défier le ciel aussi bleu qu'un immense parterre de myosotis.

La belle saison pointe le bout de son nez. Chaque âme ressent le besoin d'en faire tout autant, empressée de goûter aux premiers rayons caressants du soleil, d'épier le moindre signe d'éveil de dame Nature et de l'accompagner dans sa renaissance. Personne n'échappe à cet appel.

Il a résonné dans la tête de Jérémy qui s'est enfin décidé à entrebâiller légèrement une porte. Celle devant nous conduire vers les siens.

Bastien a reçu un mail. Un courriel condensé mais révélateur. Accompagné d'une récente photo de nous trois, le grand frère a enfin appris la nouvelle vie de son frangin. Le retour a été immédiat. Par-delà l'océan, la joie s'est fait ressentir.

Parti sur sa lancée, Jérémy a contacté sa mère. Elle a reçu le même message, la même photo, mais par téléphone. À observer l'expression du visage de mon compagnon pendant l'appel qui a suivi, j'ai deviné une tension qui, au fil de la conversation, a finalement disparu. Rien d'étonnant puisque Florence ignorait jusqu'à présent la naissance de son « petit-fils ». Quand il a raccroché, il m'a prise dans ses bras, laissant échapper un impressionnant soupir de soulagement, comme s'il venait de passer une épreuve déterminante pour son avenir.

— Elle nous attend, a-t-il fini par prononcer. Je dois simplement la rappeler pour fixer un prochain week-end, en fonction de mes déplacements.

J'ai pensé qu'il aurait été aussi simple de l'inviter chez nous, mais heureuse déjà d'avoir réussi à persuader Jérémy d'effectuer ces démarches, sûrement difficiles pour lui, j'ai préféré garder le silence et me réjouir de ce premier et fragile succès.

Une fragilité qui s'est confirmée par la suite car la correspondance échangée avec son frère s'est consumée comme un feu de paille. Néanmoins, nous avons préparé fébrilement notre petite virée dans les Pyrénées-Atlantiques, attendus par Florence en ce début de mois de mai.

Elle nous accueille dans sa nouvelle demeure située à Anglet, non loin de chez sa cousine Martine. Nous nous retrouvons devant une magnifique bâtisse des années 1900, entièrement rénovée. À peine franchi le portail d'entrée, j'ouvre de grands yeux admiratifs. La maison, construite sur deux étages, s'élève au centre d'un jardin arboré et fleuri. Pas immense, mais suffisant pour être isolé du voisinage. Sur la droite, un magnifique parterre d'iris aux couleurs attrayantes de jaune, de bleu et de violet m'enchante. Non loin, quelques pivoines se dressent. La plupart sont encore en boutons, alors que d'autres osent faire jaillir deux ou trois pétales ébouriffés, d'un rose très pâle. Mon regard se dirige ensuite vers la façade ensoleillée du bâtiment. Le contraste entre les murs blanchis à la chaux et le bleu des volets et des colombages m'emballe littéralement. Tout comme l'encadrement des portes, des fenêtres et les chaînages d'angles qui sont en pierre apparente. L'architecture est robuste et fière de son siècle d'existence.

Tous trois sortis de la Renault Mégane de mon compagnon, nous apercevons la maîtresse de maison sur le seuil, un châle en dentelles recouvrant ses fines épaules découvertes.

Ouvrant ses bras en signe de bienvenue, Florence serre tout d'abord son fils contre elle. J'ai le temps d'admirer son élégance, la minceur de son corps et surtout, la douceur de ses gestes. Si de l'appréhension me traverse pour cette première rencontre familiale, je n'ai plus de doute sur la profondeur des sentiments maternels. Cet élan du cœur est le même pour moi. Une étreinte sincère, silencieuse mais très chaleureuse. Puis elle se tourne pour la première fois vers son « petit-fils. » Présenté ainsi par Jérémy et en accord avec moi-même. Je suis bien heureuse en fin de compte de ne pas donner vie à une tout autre réalité. D'un doigt léger, elle caresse les joues rebondies de notre petit bonhomme qui ouvre de grands yeux. La lumière profonde de son regard provoque le même effet que chez Jérémy. L'espace d'une seconde, Florence se trouble. Sans aucun doute, la couleur des yeux de Noah les perturbe. Le départ d'Adrien Duplessis laisse encore des traces douloureuses dans cette famille. Mais ce léger malaise se dissipe rapidement et les heures suivantes passées en compagnie de la « grand-mère » de Noah sont agréables. Florence reste cependant réservée et discrète. Elle passe sous silence sa dernière épreuve et n'a pas la curiosité d'en savoir plus au sujet de ma rencontre avec Jérémy. Aucune réflexion de sa part non plus, sur l'annonce tardive concernant notre vie de couple. Possible qu'elle en soit intérieurement affectée, mais elle n'en montre rien. Par contre, elle se réjouit de constater le changement physique de son dernier, son visage plus radieux, son sourire plus facile et son goût retrouvé pour se vêtir. En effet, chemises et cravates viennent plus d'une fois remplacer les tee-shirts usés qu'il a tant portés au début de notre relation.

Si son aspect extérieur s'est agréablement modifié, Jérémy n'en reste pas moins silencieux dans ses rapports familiaux, s'accommodant parfaitement aujourd'hui de la discrétion de sa mère et de sa réserve sur le possible déplacement à Bordeaux qu'elle envisage d'ici les grandes vacances. Un projet qui doit, je pense, la remuer intérieurement, partagée entre la joie de se rapprocher de Noah qu'elle ne cesse de caresser du regard et celui de revenir sur les traces de son passé.

Ce que je peux comprendre. Mais ce tableau familial, je l'avoue, me dérange et me chagrine également, tellement habituée de mon côté à une tout autre atmosphère, à un tout autre climat parental. Certes, mes parents forment un couple très uni et je ne peux me fâcher avec personne, n'ayant ni frères et sœurs.

Je repense alors à Bastien qui attend depuis deux mois que son frère lui réponde. *Mais quelle est donc l'histoire de cette famille, qu'a pu vivre mon compagnon pour agir ainsi ? Afficher de la distance avec les siens, puis, pressé par moi-même, s'en rapprocher pour refaire deux pas en arrière ?*

Dès notre retour à Bordeaux et impatiente de taire les interrogations qui tournent dans ma tête après ce séjour à la frontière espagnole, je retrouve avec joie mes parents. Une ressource fort appréciable en cette fin de journée dominicale.

Je les observe en compagnie de Jérémy et de Noah. J'ai plaisir à les voir se réjouir tour à tour des exploits de construction du jeune artisan qui joue avec des Lego. Me laissant porter vers mon passé, je me remémore certains événements liés à mon histoire.

Mes souvenirs sont ceux d'une enfant unique heureuse et choyée. Mon père, Nicolas, bel homme à la stature imposante, affable et généreux et Marylène, ma mère, d'un gabarit moindre, plutôt mignonne et avenante, se sont rencontrés il y a une trentaine d'années, lors d'une fête de la musique à Bordeaux.

Passionnés de danse, ils ont tourbillonné sans jamais se lâcher les mains, jusque devant monsieur le maire et jusque devant l'autel de la cathédrale Pey-Berland. Leur chemin s'est poursuivi ainsi. Ils ont travaillé tous deux dans l'épicerie fine de mes grands-parents paternels, un magasin à l'enseigne réputée situé rue Saint-Projet, en plein centre de Bordeaux.

J'ai aimé partager cet univers où, enfant, je ne me suis pas lassée d'explorer du regard les innombrables casiers emplis d'une multitude de produits. Moutardes, condiments, conserves... Puis sur le pan de mur opposé, mon préféré, j'ai salivé nombre de fois devant les chocolats, les biscuits et les miels aux délicieuses saveurs variées. « Des douceurs au goût raffiné », me répétait alors mon père, héritier d'un grand savoir. Plus âgée et pendant la période des vacances scolaires, je me suis parfois retrouvée derrière le comptoir, emballant les achats des clients, tous à la recherche de produits de grande qualité.

Néanmoins, mon investissement dans l'affaire familiale n'a pas été plus loin. Rester du matin jusqu'au soir dans la même pièce sans pouvoir trop en sortir, ne m'a absolument pas tentée. J'en ai retiré cependant un enseignement capital, celui de la pratique du commerce. Une bonne base de formation que j'ai mise à profit dans mes études pour devenir agent immobilier.

Diplômée à vingt ans, j'ai effectué, consciencieuse, mes premiers pas dans la profession. Mes premiers essais de vol vers mon indépendance, mon autonomie, tout heureuse comme un oisillon qui s'élance un peu maladroitement hors de son nid. Seulement, mes battements d'ailes désordonnés ont dû se confronter à plus dur, comme si un mur s'était soudainement dressé devant moi. Un obstacle qui m'a semblé, à ce moment précis, infranchissable.

Pourtant, depuis le début de cette singulière et fâcheuse aventure, mes parents ne m'ont pas laissée m'enfoncer dans une quelconque déprime. Durant toute ma grossesse, ils ont affectueusement écarté cette lourde barrière de mes yeux, dans le seul but de me rassurer, de m'encourager. « Tout va bien se passer, Ambre, on est là pour t'aider ! » me répétaient-ils sans cesse, sans poser la moindre question.

Oui, ils ont été là et le sont encore. Quelques mois avant la naissance de mon enfant, une embauche à temps partiel a été prévue au magasin, libérant ainsi du temps pour ma mère. Noah a pu profiter d'elle et moi, j'ai pu reprendre un travail sans trop de difficultés.

Ce week-end particulier de rencontres familiales a pris fin. Mes parents partis, Noah couché, je n'ai pas eu envie d'échanger avec Jérémy. D'ailleurs, en l'observant discrètement, j'ai senti son peu d'enthousiasme à discuter. Il s'est contenté d'être tendrement présent et cela m'a amplement suffi.

Nous avons repris notre routine, Jérémy à fond dans son boulot, moi un peu moins, mais heureuse de revoir Maria et de partager avec elle notre escapade pyrénéenne.

C'est quelqu'un de bien, cette Maria. Depuis plus d'un an que nous nous connaissons, j'ai découvert en elle une merveilleuse amie au soutien inépuisable et aux conseils judicieux. Elle comprend parfaitement mes désirs, mais aussi mes interrogations au sujet de Jérémy et de ses agissements. Tantôt il avance, tantôt il se referme sur lui ou carrément, recule. C'est vrai, au niveau de mes ressentis, c'est un peu les montagnes russes. Quand je suis dans le creux de la vague, les paroles de Maria se transforment en miracles. « Vois donc le côté positif de la situation, Ambre, et remercie le ciel d'avoir un compagnon et un bel enfant ! » Oui, avec ma pétillante amie, les cieux ne sont jamais loin. « Tu as un Jérémy bizarre, un Jérémy souvent en déplacement pour son travail, mais un Jérémy qui est malgré tout présent auprès de toi et auprès de Noah ! »

Maria a raison, je dois m'attacher au bon côté des choses. Si des non-dits entourent ma nouvelle existence, je dois admettre que je me sens bien malgré tout auprès de cet homme mystérieux. Même si je sais au fond de moi qu'il n'y a jamais eu de coup de foudre entre nous, qu'il n'y a pas non plus la sensation d'un amour passionné, mais nous partageons des moments intenses, de douces nuits et un immense bonheur de voir grandir Noah.

Le temps s'est écoulé. La visite chez Florence est devenue un simple souvenir, ravivé quelquefois par un de ses brefs et rares appels téléphoniques.

Un mois après notre séjour dans le Pays Basque, le téléphone sonne de nouveau : Florence est au bout du fil. Discutant de dates avec son fils, je comprends qu'elle souhaite nous revoir le temps d'un week-end.

Mais je ne me doute pas un seul instant que cette nouvelle rencontre va lever le voile sur une partie de l'histoire des Duplessis, à l'origine du mal-être de Jérémy.

Chapitre 5

Jérémy, depuis sa rencontre avec Ambre

Pour la première fois, l'espoir d'une vie plus heureuse s'ouvre devant moi. Depuis le temps que je traîne comme une âme en peine, j'ai fini par abonder dans le sens de Maria, la sympathique collègue de ma compagne, en croyant à la sollicitude céleste. Cependant, je n'ai pas encore assimilé un dicton qui dit : « Aide-toi, le ciel t'aidera ! »

Ambre a pourtant bien illuminé mon existence et Noah l'a embellie davantage. Auprès d'eux, j'ai retrouvé le goût de vivre. Cette envie qui m'a quitté tant de fois toutes ces dernières années. Tant de fois où j'ai voulu disparaître à jamais. Trop d'émotions, trop de souffrances, trop de culpabilité me rongent de l'intérieur. Mais je fais tout pour ignorer mes tourments en évitant les conversations sur ce passé douloureux. Or, je n'arrive pas à oublier le regard bleu électrique de mon père, rempli de reproches à mon égard. Je retrouve la couleur de ses yeux dans ceux de Noah — même si je ne vois que douceur et amour dans le regard de ce petit enfant — et cela me ramène trop souvent à ce que j'essaie d'enfouir au plus profond de ma mémoire. Dire que le départ du paternel est un soulagement n'est pas entièrement faux, mais il y a la tristesse de ma mère qui tempère passablement mon contentement.

L'éloignement de Bastien en 2003 m'a également apaisé. Malgré son soutien, sa décision d'aller étudier à l'étranger m'a donné une bouffée d'oxygène, une bulle d'air qui n'a rien changé finalement à mes états d'âme, car il y a toujours un moment dans la vie où l'on se retrouve face à ses démons, ses blessures, ses faiblesses.

Ma famille m'a toujours considéré comme un dur à cuire, sûr de moi, n'ayant peur de rien. En réalité, je n'ai jamais été comme cela. Franchement, je pense être plutôt un grand trouillard, mal dans mes baskets et le comportement de mon père à mon égard a certainement contribué à la création de cet autre Jérémy. Un double qui se veut fort, audacieux et gagnant.

Le caractère discret et réservé d'Ambre m'a permis de rester dans ma fiction. Elle a pourtant essayé plusieurs fois d'en savoir plus sur mon passé familial, mais sans succès. Je m'interroge : *devant mes réponses évasives, peut-être s'est-elle adressée dernièrement à ma mère pour en apprendre davantage ? Une idée qui m'arrange bien sûr, comptant comme d'habitude sur les autres pour parler à ma place, pour formuler ce qui reste en travers de ma gorge. Ou bien s'est-elle adressée à mon frère Bastien ? Comme je l'ai contacté par mail récemment, va savoir si Ambre ne correspond pas avec lui maintenant ?*

Pourtant, la discrétion de ma compagne est souvent au rendez-vous. Elle insiste rarement pour en savoir plus sur ce qui me ronge. Un comportement qui me sied à merveille. L'idée qu'elle ne sache rien ne m'a même pas effleuré. Je trouve tellement confortable de penser qu'elle sait.

Mon confort psychique s'est brutalement écroulé quand nous sommes arrivés chez ma mère le dernier week-end du mois de juillet, à la suite d'une nouvelle invitation qui m'a quelque peu surpris.

Chapitre 6

L'invitation

Comme la première fois, je me laisse emporter par ce sentiment de beauté devant la maison de Florence. Les volets bleus sont mis en cabane, fermés à demi et retenus par l'espagnolette. Il est onze heures et la chaleur de ce dernier week-end de juillet n'est pas invitée à pénétrer dans la demeure. Jérémy donne un coup de sonnette rapide et nous attendons tous les trois devant la porte d'entrée. Des pas précipités se font entendre dans le hall. Florence apparaît, vêtue d'une robe beige en lin et chaussée de sandales légères. Elle sourit et son visage est beaucoup plus lumineux qu'il y a deux mois. Après nous avoir embrassés affectueusement, elle s'approche du petit, le prend et le serre dans ses bras.

— Que tu es beau, Noah, tu as mis un joli tee-shirt bleu pour venir au bord de l'eau, dis-donc !

Le visage de mon enfant est radieux. Mais Florence semble pressée. Elle dépose alors un baiser sur le front de son « petit-fils » et nous le confie.

— Allez, venez... enchaîne-t-elle, légèrement nerveuse, on vous attend au salon.

Intriguée, je regarde Jérémy qui me lance un coup d'œil interrogateur. Il n'en sait pas plus que moi. Nous suivons alors Florence. La pièce principale accroche toujours autant mon regard. D'une belle superficie, elle a gardé la hauteur de plafond d'autrefois. Les murs immaculés offrent une parenthèse de couleurs à quelques endroits. Des œuvres d'art florales aux teintes douces et variées — seuls biens que Florence a conservés de son ancienne maison — égayent tout ce blanc. Ce ton laiteux que l'on retrouve également au sol sous forme d'immenses carreaux. Florence a su néanmoins nuancer le tout par le choix de meubles contemporains où le bois massif naturel et le métal noir se marient à merveille. Mais aujourd'hui mes yeux se tournent rapidement vers une silhouette qui nous tourne le dos. Un homme fait face à la grande baie vitrée ouvrant sur l'arrière de la maison. Il est assis... dans un fauteuil roulant. Aussitôt, je perçois une plainte étouffée. Jérémy est livide. Le fauteuil se tourne et une voix que je ne connais pas se fait entendre. En revanche, le visage qui me sourit accélère les battements de mon cœur. Un nœud se forme dans ma gorge. Mes yeux vont de Jérémy à Florence, repassant par Bastien. Car c'est bien le grand frère qui est là. Un « Jérémy » au visage plus marqué, rasé de près, avec la même coupe et couleur de cheveux, mais au regard beaucoup plus soutenu. Le haut de son corps affiche quelques kilos en plus, certes, par rapport aux anciennes photos que j'ai vues où il se tenait parfaitement debout. La stupéfaction est générale.

— Eh bien, que se passe-t-il ? interroge Bastien. J'ai l'impression que la surprise n'est pas aussi joyeuse que prévue. Qu'est-ce qui cloche maman, le regard de ma belle-sœur me laisse penser qu'elle ne sait rien à mon sujet ? Et toi mon frère, dis, tu ne l'as pas prévenue de mon état ?

Jérémy est mal à l'aise. Il bafouille.

— Mais je pensais que maman lui avait expliqué !

— Ah, mais non ! réplique Florence, c'est toi qui vis avec Ambre, ce n'est pas moi ! Pourquoi ne lui as-tu rien dit au sujet de Bastien ?

Ennuyée d'assister à cette désagréable situation, j'essaie aussitôt d'atténuer la tension qui commence à monter dans l'air.

— Écoutez, il n'y a rien de grave, je suis ravie de rencontrer le grand frère de Jérémy. Assis, debout, couché, qu'importe ! … je vous assure, tout va bien.

— Merci Ambre, me répond Bastien. Moi aussi, je suis très heureux de faire ta connaissance, de voir mon « petit neveu » et de te revoir également mon frère, ajoute-t-il en s'approchant de Jérémy à l'aide de ses quatre roues. Jérémy esquisse un sourire timide que je qualifierai plutôt de grimace. Dans ma tête, les questions se bousculent et je sais que je vais devoir m'armer de patience avant que tout soit clair au sujet de la paraplégie cachée de Bastien.

Les deux hommes échangent une puissante poignée virile. Je remarque alors l'étonnante musculature de l'handicapé où les biceps se gonflent à en faire craquer les manches courtes de sa chemisette blanche. Puis Bastien se tourne vers Noah. En quelques secondes, mon fils se retrouve contre le frère de Jérémy, entouré d'un de ses bras musclés. Bougeant un peu son fauteuil de son autre main, faisant un tas de bruits bizarres avec sa bouche, Bastien réussit à déclencher chez Noah un réel contentement. Son rire léger et joyeux finit par détendre l'atmosphère. Ses grands yeux ne cessent de pétiller de bonheur et j'apprécie que personne ne fasse de comparaison avec le regard bleu intense d'Adrien Duplessis. Ce qui aurait pu encore plomber l'ambiance. Florence pousse seulement un grand soupir et tandis que Bastien et le petit s'en donnent à cœur joie, elle s'avance doucement vers son autre fils, toujours plus ou moins crispé. Elle le prend par la taille et s'approche de son oreille. Je ne perçois pas tout de son message, mais elle lui recommande vivement de me parler. Les silences, les non-dits peuvent faire beaucoup de mal à la longue. Sa propre expérience doit certainement être à l'origine de ses conseils.

Durant toute la journée, aucune allusion n'est faite sur l'état de Bastien. Aucun retour dans le passé ne se produit. Nous contribuons tous au bien-être de Noah et du nôtre. Même le petit une fois couché, le sujet sérieux n'est pas abordé. Jérémy ne dit rien, n'explique rien. Bastien, par contre, parle beaucoup de lui, de sa vie aux États-Unis, de son métier. De ses déplacements aussi, qu'il continue de faire. Moins nombreux, plus professionnels que privés et d'une autre manière, forcément. Les confidences de l'aîné finissent par détendre Jérémy. À son tour, il raconte certains de ses voyages. Pendant un long moment, les deux frères se retrouvent. Ils échangent, rient en partageant leurs souvenirs et diverses mésaventures à l'étranger.

Pendant ce temps, Florence et moi en profitons pour nous éclipser dans la cuisine et faire un peu de rangement. Contentes de laisser les deux frères ensemble, nous bavardons, animées par l'envie de faire le point de cette journée un peu spéciale.

— Je suis si désolée, Ambre, de ce qui vient de se passer aujourd'hui.

— Mais il ne faut pas, vous n'êtes pas responsable du comportement, du moins des silences de Jérémy.

— Je sais, mais quand même ! Je réalise franchement que mon divorce m'a fait perdre pied. Néanmoins, je me sens beaucoup mieux et je remercie au passage ma chère cousine Martine qui m'a bien aidée à remonter la pente, à me faire réfléchir, à me remettre en question. Et j'ai un petit-fils maintenant. Cependant, vu ce qu'il s'est passé aujourd'hui, je crois qu'il est grand temps que je revienne vers mes deux enfants. Ils ont souffert eux aussi du départ de leur père. Jérémy plus que Bastien. À mon avis, mon dernier a dû se sentir abandonné deux fois.

— Deux fois ? m'exclamé-je, toute étonnée.

— Oui, mais je suppose qu'il ne vous a rien dit au sujet de ses rapports avec son père ?

Je secoue la tête négativement.

— J'ai bien compris qu'ils sont en froid, remarqué-je, mais Jérémy ne s'est jamais trop confié, ni au sujet de Bastien, ni trop à votre sujet non plus.

— Mmm ! Ce mutisme va finir par lui jouer des tours, affirme Florence en approuvant d'un mouvement de tête. Vous savez, plus jeune il s'est vraiment senti rejeté. Dès qu'il y avait un problème, Adrien ne s'en prenait jamais à son fils aîné. Ou très rarement. C'était souvent, pour ne pas dire toujours, de la faute du cadet ! Bastien est intervenu je ne sais combien de fois pour défendre son frère, mais Adrien a toujours ignoré ses arguments. Tout comme il a ignoré les miens. Les disputes avec mon mari sont devenues alors de plus en plus fréquentes. Quelquefois, il a reconnu son caractère excessif, s'en est excusé même, mais c'était plus fort que lui. Ses efforts d'équité n'ont jamais tenu dans le temps. Je ne suis pas arrivée à comprendre pourquoi. C'est vrai, Jérémy était turbulent, un gamin plein de vie mais il a toujours aimé Bastien, il nous a toujours témoigné de l'affection. Et moi, je lui ai toujours ouvert grand les bras, tandis qu'Adrien s'est souvent contenté d'un petit geste affectif en lui ébouriffant rapidement les cheveux sans prononcer un seul mot. Jérémy était si heureux quand cela se produisait !

Florence marque une pause et reprend :

— Mais depuis hier, j'ai tout compris. Bastien m'a parlé de son père qu'il voit occasionnellement à Paris et de leur dernière entrevue l'année passée. Adrien lui a fait des confidences qui m'ont profondément bouleversée.

L'émotion parcourt un instant le visage de Florence et je vois de la brume dans ses yeux. Sans réfléchir, je la prends dans mes bras et l'embrasse avec beaucoup d'affection.

— Vous êtes une chouette fille, Ambre, me dit-elle tout en essuyant quelques larmes sur ses joues, et j'espère que ce soir Jérémy vous expliquera pour Bastien. Parler ne peut lui faire que du bien. À lui et à n'importe qui d'ailleurs, précise Florence. On garde parfois de lourds secrets en nous et la vie devient un poison.

Je ne réponds pas, convaincue moi-même par ses dernières paroles.

— Quant à Adrien, poursuit Florence, on vous en parlera plus tard, Bastien ou moi. Jérémy ne vous dira rien car il n'est pas au courant de toutes les surprenantes cachotteries de son père. Ceci dit, ce serait encore mieux que ce soit mon ex-mari qui se confie, qu'il reconnaisse enfin ses erreurs, son inconduite, son irresponsabilité, sa cruauté... Mais je vais arrêter là ce discours déprimant, vous ne pensez pas, Ambre ?... et plutôt me concentrer sur la soirée à venir et notre journée de demain. Sans oublier nos prochaines rencontres à Bordeaux. J'ai grande envie maintenant d'entourer davantage Jérémy et de jouer avec Noah !

Il est près de minuit quand Jérémy et moi nous regagnons notre chambre à l'étage. Pour ce qui est de l'histoire d'Adrien, pensé-je, Florence a raison. Cela peut vraiment attendre, bien que je me doute de la convergence du tout.

Il fait bon dans la pièce, la chaleur n'a pas pénétré l'endroit qui profite plutôt de l'air marin. L'océan est si proche. Dans son petit lit pliant, Noah dort à poings fermés. Je remonte sur lui son drap, là où quelques dauphins imprimés veillent sur son sommeil. Jérémy l'embrasse doucement, puis se tourne vers moi et m'enlace.

— Je suis exténué, me dit-il à voix basse. Tout comme toi, certainement ?

— Oui, moi pareil... Un brin de toilette et je vais me coucher, chuchoté-je en me détachant doucement de lui. Je passe à la salle d'eau, si tu veux bien.

— Va, j'irai après.

Rapidement, je détache mes nu-pieds et attrape au passage ma nuisette, heureuse enfin de déboutonner mon pantalon de toile qui me serre la taille. La bonne cuisine de Florence en est assurément la cause. Mon reflet dans le miroir situé au-dessus du lavabo me renvoie des traits tirés. Des cernes entourent mes yeux fatigués. Mais je suis encore bien en alerte, impatiente d'entendre les confidences de Jérémy.

Ayant laissé son bermuda et sa chemisette bleue en désordre sur le fauteuil de la chambre, son tee-shirt de nuit et son caleçon à la main, mon compagnon gagne prestement la salle d'eau. Dix minutes plus tard, il se glisse dans le lit. L'un contre l'autre nous soupirons, heureux d'être enfin couchés après cette journée plutôt éprouvante. *Je vais peut-être en savoir plus maintenant !* pensé-je en moi-même. Mais les secondes s'égrènent et c'est toujours le silence. Redoublant de patience, je dirige alors mon esprit sur une autre piste en repensant au déroulement de ce samedi et à cette fameuse invitation de Florence.

Il n'y a pas à dire, la surprise a été de taille en ce qui me concerne ! Je ne comprends toujours pas le mutisme de Jérémy au sujet de son frère ! Un accident, une maladie, ça arrive dans toutes les familles. Pourquoi le cacher ? Je me rends bien compte de la gravité de la situation, c'est un immense traumatisme, un choc de perdre l'usage de ses jambes... Comment surmonter une telle épreuve, comment Bastien l'a-t-il vécue ? Et quand je vois l'attitude de Jérémy, on dirait lui la victime ! C'est son frère qui ne marche plus, c'est son frère qui devrait en vouloir à la terre entière, qui devrait être triste, taciturne, en colère... et j'ai l'impression que c'est tout le contraire. Ceci-dit, je ne peux que supposer, ne connaissant rien de l'histoire, ni comment Bastien l'a traversée.

Continuant mes réflexions, aucun souvenir ne me revient de notre première visite chez Florence, au printemps dernier. Je ne me rappelle pas avoir remarqué dans cette maison des installations pour accueillir un handicapé. Toutes les portes ont deux battants, elles sont donc assez larges pour les franchir en fauteuil. Les deux chambres du rez-de-chaussée possèdent chacune leur salle d'eau. Il est vrai, je ne les ai pas visitées. J'aurais pu apercevoir des équipements adéquats dans l'une d'entre elles. Quant à la rampe d'accès, elle a été installée à l'arrière de la maison pour l'occasion, là où une marche accède à la terrasse couverte. Aucun problème de circulation pour Bastien non plus, puisqu'une grande allée contourne la maison. Je n'ai rien vu et surtout, rien su.

Sans m'en rendre compte, mes pensées et mes réflexions m'entraînent dans des profondeurs où la conscience de la réalité n'existe plus ou bien se transforme au gré de l'imagination, des sensations. Mes oreilles se ferment aux légers bruits environnants. Au souffle de Noah, de Jérémy, même. Je suis comme dans une bulle, dans un état second, dans un autre monde. Tous mes proches m'entourent mais comme des êtres sans matière. *Me suis-je donc déjà endormie ? Pourtant l'agitation de cette journée n'a absolument pas contribué à ce que je m'abandonne aussi rapidement !* Au même instant, j'entends un vague murmure. Faible, sans consistance, mais qui finit par me ramener dans cette chambre, bien présente aux côtés de Jérémy.

— Tu sais Ambre, je n'ai jamais voulu ça, je n'ai jamais souhaité du mal à Bastien. C'était un accident, mais mon père ne m'a jamais cru.

Chapitre 7

Le retour à Bordeaux

Après un dimanche assurément plus cool que la veille, après avoir apprécié le poulet basquaise de Florence, puis la balade le long du littoral, là où Bastien a pu nous accompagner sans problème, après avoir admiré cet océan rugissant, nous avons repris la route pour Bordeaux. Jérémy devant monter à Paris le lendemain et moi, retrouver le chemin de l'agence immobilière après mes quinze jours de congés.

La première matinée de travail se termine. Maria trépigne d'impatience et la pause du déjeuner se fait désirer. Les bribes d'informations sur mon fameux week-end, glissées à la hâte entre deux coups de fil professionnels, éveillent grandement sa curiosité.

— Jésus Marie, Joseph ! Mais qu'est-ce que tu me racontes là ?

— La vérité, Maria. Rien que la vérité.

Après avoir fermé la porte d'entrée, nous nous dirigeons vers la kitchenette située derrière le bureau principal. Nous serons tranquilles aujourd'hui pour bavarder, Rémi a un rendez-vous galant en ville et le responsable de l'agence, ne passera qu'en fin de semaine.

Déballant prestement nos salades composées, Maria donne l'offensive.

— Tu as dû être super remuée en voyant Bastien dans un fauteuil roulant et le visage tout contrit de son frère ?

— Et celui de Florence également qui ne comprenait rien non plus à la situation. Elle pensait que Jérémy m'avait mise au courant et lui, pensait que sa mère l'avait fait de son côté.

— Et Bastien lui, au milieu de ce grand silence, il devait être bien ennuyé, ajoute Maria.

— Oui, tout le monde était mal à l'aise.

— Jésus, Marie, Joseph ! Mais quelle histoire, mais quelle histoire !

— Rassure-toi, Maria, cela n'a pas duré. Sauf que ce n'est pas du tout Jérémy qui a détendu l'atmosphère, tu sais, c'est son frère. Il est venu de suite vers nous et s'est principalement intéressé à Noah. D'ailleurs, il a été super avec le petit.

— Tant mieux, enchaîne Maria, mais Jérémy, il a parlé quand en fin de compte ?

— Même pas après le coucher de Noah, figure-toi !

— Même pas après le coucher de Noah ! s'étonne Maria. Florence ou Bastien auraient pu expliquer alors…

— C'est ce qu'attendait Jérémy peut-être, mais le traumatisme de l'événement a été tellement puissant pour lui qu'il ne sait pas en parler.

Maria termine sa salade sans un mot et se lève pour se faire un café.

— Je t'en prépare un, Amore ?

— Oui, merci.

De retour avec les deux tasses, elle laisse échapper une réflexion avant de m'inviter à poursuivre mes confidences.

— Tu sais, je comprends parfaitement l'attitude de ton compagnon. On vit parfois des choses terribles qui nous marquent à jamais, oui, à jamais... ajoute-t-elle à voix basse. Mais ton Jérémy, reprend-elle, qu'a-t-il vécu de si traumatisant ?

Les dernières réflexions de Maria me font comprendre de suite qu'elle a dû traverser, elle aussi, une épreuve difficile. Elle se confiera peut-être une prochaine fois mais pour le moment, ce sont mes révélations qu'elle attend.

— Il était minuit passé quand Jérémy a enfin abordé le sujet. Nous étions couchés et Noah dormait tranquillement dans son lit. À voix basse, à phrases entrecoupées, il est remonté à l'hiver 2000. Bastien venait de fêter ses vingt ans. Lui en avait dix-huit. Comme chaque année, les deux frères sont partis faire du ski de piste à Méribel, en Savoie. Les compétitions ont rythmé leur séjour et comme à l'habitude, Jérémy a mis son grand frère au défi de le battre, de gagner. Le dernier jour, Bastien n'a pas eu trop envie de participer au programme de descentes et de sauts, fourbu après ses cinq jours d'activité. Mais Jérémy ne l'a pas lâché, jusqu'à ce qu'il finisse par capituler.

— Et le drame est arrivé... enchaîne Maria toute tremblante, remontant prestement la bretelle fine et indisciplinée de son tee-shirt.

— Oui, le drame est arrivé. Le dernier saut a été fatal pour Bastien. Il s'est très mal réceptionné et a fait une terrible chute. Jérémy l'a vu tomber, se fracasser le bas du dos sur la piste de neige et glisser à ne plus s'arrêter. Bâtons et skis ont volé dans tous les sens. Horrifié, Jérémy s'est mis à hurler à en avoir un malaise, m'a-t-il confié, tant son cœur a cogné dans sa poitrine ! Se situant à quelques dizaines de mètres de Bastien, il est parti comme un fou, bousculant le public et franchissant la barrière de sécurité, criant à s'époumoner : « C'est mon frère, c'est mon frère ! » Chaussant ses skis en un rien de temps, il s'est lancé comme un patineur affolé vers le lieu de l'accident. Les secours étaient déjà sur place. Son frère, conscient, n'arrêtait pas de gémir. Aucun mot ne sortait de sa bouche et il souffrait terriblement.

— Mais quelle histoire, mais quelle histoire ! s'exclame Maria.

— Ça, tu peux le dire ! Jérémy en tremblait encore en racontant la scène. Au fond de lui, tu sais, il a toujours eu un grand sentiment de culpabilité, se reprochant d'avoir insisté pour que son frangin participe à la dernière compétition de la semaine. Avant que Bastien ne soit transporté dans l'hélicoptère au Centre hospitalier de Grenoble, immobilisé de la tête aux pieds dans une coque, il a articulé péniblement quelques mots : « Mais quel con j'ai été, frangin, quel con ! Une seconde de distraction et j'ai… » Puis il a perdu connaissance. S'en sont suivis deux mois de coma et des années de réadaptation.

— Jésus, Marie, Joseph, Jérémy devait être dans tous ses états ! Pourtant, l'accident est arrivé par le fait de Bastien. Comme il a dit, il a été déconcentré.

— Je suis d'accord avec toi, Maria, mais depuis son enfance, Jérémy subit constamment les reproches de son père. Son cerveau est totalement conditionné, il ne peut être que responsable de l'accident de son grand frère. Et c'est exactement ce qu'il a entendu de la bouche du paternel à l'annonce de la terrible nouvelle. La fureur du père s'est amplifiée quand le verdict est tombé, quand la paraplégie de Bastien a été officielle.

— Mais… vous en avez discuté dimanche dernier, je suppose que Florence et Bastien sont intervenus dans les échanges ? interroge Maria.

— Principalement Bastien, oui, qui a bien mis l'accent sur sa seule responsabilité, sans perdre l'espoir de se remettre un jour debout sur ses jambes. Car la lésion de sa moelle épinière a épargné certaines fibres nerveuses, occasionnant des réactions dans ses membres inférieurs. Il nous a confié son choix de partir aux États-Unis, de se rapprocher de neuroscientifiques afin de suivre sans trop de difficultés leurs progrès en la matière, étant lui-même neurologue. Il n'est jamais très loin du travail des chercheurs du monde entier, d'ailleurs, qui mettent aussi au point des méthodes de stimulations électriques dans le cerveau ou au niveau de la moelle épinière. Des études très prometteuses.

— Tout le monde a dû se réjouir, ajoute Maria, quand Bastien a expliqué tout cela.

— Assurément, cela nous a permis d'oublier un peu tout ce que peut vivre un handicapé au quotidien sans l'usage de ses jambes, de certains de ses organes...

— Et toute la souffrance psychologique qui l'accompagne quand il doit affronter le regard des autres... En parlant de psy, Jérémy ne s'est pas fait aider pour se sortir de ce sentiment de culpabilité ?

— Je sais qu'il a été suivi dans les débuts, mais son père le harcelait tellement qu'il n'a jamais pu progresser correctement. Puis Bastien a quitté la France en 2003 et deux ans après, les parents se sont séparés. L'éclatement total de la cellule familiale.

— Florence a dû en avoir assez du comportement de son mari, renchérit Maria.

— Si tu veux mon avis à voir l'expression de son visage, pour moi, il y a autre chose... Pour Florence, le vrai bonheur a été bref. Dès la naissance de Jérémy, Adrien n'a plus été le même.

— Mais elle est restée pourtant avec lui de très

nombreuses années, constate Maria, quelque peu surprise.

— Oui, parce qu'il y a eu de l'amour dans le couple malgré la dureté d'Adrien envers Jérémy. De l'amour durant une demi-douzaine d'années mais qui a fini par perdre de son intensité, de sa sincérité. Les premiers doutes sont apparus pour Florence, puis les certitudes. Adrien a multiplié ses déplacements, trouvant toutes sortes de prétextes pour cacher ses infidélités. Quand l'accident de Bastien est arrivé, tout a craqué dans la famille… Seulement, comme je te dis, je sens qu'il n'y a pas que ça.

Chapitre 8

Maria se confie

Quand elle pousse la porte d'entrée, j'ai la sensation que tout le soleil de l'Andalousie envahit le bureau. Maria rentre de congés. Le mois d'août 2009 tire à sa fin. Une robe en coton léger, de couleur jaune paille recouvre son corps bronzé à souhait. Le tissu épouse discrètement ses formes généreuses, modelant sa poitrine ronde et ses hanches légèrement rebondies. Son sourire en dit long sur les quinze jours qu'elle vient de passer dans le sud de l'Espagne. Mais en l'observant de plus près, je remarque alors une lueur inhabituelle dans son regard et ses yeux cernés de rouge.

Les grands-parents paternels de ma chère collègue possèdent une exploitation agricole située à une trentaine de kilomètres de Malaga, dans l'arrière-pays. Sur les cinq enfants des aïeuls, trois travaillent sur le domaine et deux ont pris un autre chemin. L'un de ces derniers est Fernando, le père de Maria. Tout jeune, il ne parlait que de la France, exprimait son désir d'y vivre, d'y travailler. Personne n'a jamais su pourquoi, et lui-même n'a jamais pu expliquer son attirance pour ce pays. Mais l'idée de s'enterrer dans un petit village espagnol perdu au pied des montagnes et ne voir que des vergers d'amandiers à perte de vue, cela ne l'a jamais emballé. Le projet de s'expatrier était bien ancré. Dès que l'opportunité s'est présentée, il a rejoint la frontière et de petits boulots en petits boulots, il a atterri dans la région bordelaise. Il devait avoir vingt ans. Ayant économisé sur ses modestes revenus et aidé par ses parents, il a pris des cours pour se perfectionner dans la langue française, tout en travaillant le soir. À cette époque, m'a expliqué Maria, il servait du carburant dans une station essence jusque tard dans la nuit. Puis il a passé le permis poids lourds et a enfin trouvé un poste fixe à plein temps. Le moment était venu pour lui d'accueillir sa bien-aimée qui était encore au pays. Sa chère Clara, la mère de Maria.

Le deuxième enfant qui a quitté la maison n'est autre que le jumeau du père de Maria. Le départ de Manuel n'a pas été véritablement un choix pour lui, si j'ai bien compris. Aux dires de mon amie, qui n'avait alors que sept ans, il y a eu des règlements de comptes entre adultes. Après avoir œuvré plusieurs années dans l'exploitation familiale, Manuel a dû changer de vie.

— Tu es rayonnante Maria, il a dû encore faire très chaud par chez toi !

— Toujours pareil en été, mais nous avons

l'habitude et notre rythme de vie s'adapte en fonction des températures. Et chez mes beaux-parents, nous pouvons nous rafraîchir dans la grande piscine. C'est toujours mieux que la Méditerranée en cette saison, il y a tellement de touristes sur les routes et sur la plage que nous restons chez nous, en famille. Mes neveux et nièces s'en donnent à cœur joie.

Puis Maria me raconte son séjour, les chaleureuses retrouvailles familiales, les repas festifs où chacun fait un peu le point sur l'année écoulée, légèrement distrait par le rire des enfants, leurs chamailleries... Cependant, durant tous ses commentaires plus ou moins banals et inconséquents, je sens un malaise, une gêne. Comme nous ne sommes que toutes les deux, je finis par lui témoigner mon inquiétude.

— Maria, excuse-moi d'être franche, mais j'ai l'impression que tout n'a pas été aussi joyeux que ça. Depuis plus d'un an que je te connais, je sais maintenant quand quelque chose te tourmente.

Maria souffle et se tortille les mains.

— Oui, il s'est passé quelque chose la veille de notre départ. Quelque chose qui me concerne directement.

— Tu veux m'en parler ?

— Tu te souviens, Ambre, quand tu m'as raconté le mal-être de Jérémy, son refus d'évoquer l'accident de son frère et la culpabilité qu'il ne cesse de ressentir au fond de lui ? Eh bien, il y a plus de vingt ans, vingt-cinq je dirais même, j'ai vécu une épreuve douloureuse, traumatisante. À la différence que je ne me traîne plus cette idée d'être responsable de ce qu'il s'est passé. Mais je n'ai rien oublié.

Maria m'intrigue. Je n'ose l'interrompre cependant, en posant des questions qui pourraient s'avérer maladroites. Elle poursuit, quelque peu désordonnée dans ses propos.

— C'est vrai, dans cette histoire, mes parents ont toujours été présents. À l'inverse de Jérémy où son père l'a complètement abandonné au sujet de l'accident de Bastien ! Et puis, j'étais si jeune !

Les yeux de Maria se troublent.

— Même si je ne me culpabilise plus, le fait de me retrouver en face de celui qui a profité de ma jeunesse et manqué de respect, eh bien, c'est plutôt éprouvant ! Pourtant les choses avaient été claires, il ne devait pas remettre les pieds au domaine quand moi, j'y étais. Moi ou mes parents, d'ailleurs. Eux non plus n'ont pas oublié.

— C'est qui, Maria, celui qui t'a blessée ? lui demandé-je timidement.

— Un des fils de mon oncle Manuel, le frère jumeau de mon père. Celui qui a quitté l'exploitation à cause de ce fâcheux incident.

Maria marque une pause, reprend son souffle et enchaîne rapidement.

— Tu sais, quand je l'ai revu, le Pablo, avec sa mine suffisante, si fier d'avoir défié les règles familiales imposées, je me suis effondrée.

« Alors, ma chère petite cousine, t'es pas contente de me revoir ? » m'a-t-il lâché d'un air narquois. »

— Tu étais seule, Maria, à ce moment-là ?

— Oui, j'étais sous la véranda en train de bouquiner. Mes grands-parents faisaient la sieste et je ne savais pas où était le reste de la famille. Certains, je suppose, dans leur chambre et d'autres au salon, bien au frais... Connaissant parfaitement la propriété, Pablo est rentré par le jardin. J'ai été la première à le croiser. Devenu obèse et presque chauve à la quarantaine, il m'a lancé son regard habituel avec ses petits yeux de fouine. Je n'y ai vu qu'arrogance et provocation.

Maria frissonne. D'instinct, je lui prends les mains.

— Tu peux arrêter de parler, Maria, si cela doit te perturber ainsi.

— Non, non, je vais continuer. Je dois... comment dirai-je, évacuer le souvenir de cette rencontre, de ce pénible face-à-face. Tout est alors subitement remonté à ma mémoire. J'ai revu la grange, les caisses, les outils... et Pablo... qui m'a fait mal. Mal au point de me faire saigner ! Ma mère, le soir, quand elle a vu ma culotte, elle est de suite venue me voir.

— Tu t'es blessée, Maria, m'a-t-elle demandée ?

— Non, maman, lui ai-je répondu, pas très rassurée.

— Tu en es sûre, ma chérie ?

Voyant mon trouble, elle s'est agenouillée et m'a parlé très gentiment.

— Si quelqu'un t'a fait du mal, Maria, tu dois me le dire, a insisté ma mère.

— Je ne peux pas, maman, j'ai promis, lui ai-je répondu. Et si je ne tiens pas ma promesse, il m'a dit que j'irais en enfer...

— Il avait quel âge ton cousin , quand c'est arrivé ? questionné-je.

— Treize ans et un tas de neurones en moins... Bref, à force de patience, de douceur, ma mère a fini par me convaincre et je lui ai tout raconté.

— D'où les distanciations familiales, les règlements de comptes qui ont suivi...

— C'est ça, Ambre ! Et mon père a failli péter un plomb en apprenant la nouvelle. On avait osé toucher à sa petite dernière et de la manière la plus avilissante possible !

La forte voix du paternel tonitruant dans toute la maison a dû finir par effrayer Pablo. Quand mon père l'a enfin trouvé, dissimulé sous l'escalier menant à la cave, il s'est pris deux grosses claques dans la figure. Il l'a remonté sans ménagement jusque dans sa chambre et l'a enfermé à double tour.

— Et la mère de Pablo, elle était là, elle a dû entendre ton père, je pense ?

— Non, elle se trouvait sur la plantation. Pour le reste de la famille, ma mère n'a rien précisé. Seul mon oncle Manuel a surgi, alerté par les cris de son frère. Puis , rapidement, tout s'est su.

— Mais tes parents n'ont pas porté plainte ?

— Porter plainte ?... Jésus, Marie, Joseph, mais c'est mon cousin qui m'a fait ça, le fils du frère jumeau de mon père ! Cela aurait déclenché un scandale dans la famille et le grand-père ne voulait pas de ça... L'affaire aurait été rendue publique, le voisinage informé et ceci, et cela... De toute manière, il ne faut pas oublier que Pablo était mineur à ce moment-là. Et agression sexuelle d'un mineur sur mineur, je ne sais pas trop s'il y a des conséquences juridiques, moi ! Déjà, quand c'est un majeur « responsable », tous ne sont pas inquiétés, alors... Tu le sais très bien, Ambre, on a déjà débattu sur le sujet !

— Oui, je me souviens et nos conclusions ont été plutôt amères. Ce n'est pas le mot « justice » qui en est ressorti, mais plutôt celui « d'injustice. »

— Et tant d'autres qualificatifs encore ! En ce qui me concerne, j'ai la chance d'être encore là et de ne pas être tombée entre les mains d'un adulte complètement taré ! Excuse mon langage, mais je suis tellement écœurée. Parfois, je douterais de ma foi, dans la mesure où j'ai conscience que même dans ce milieu, il y a tant d'abus et tant d'actes passés sous silence ! Mais, à contrario, si je n'avais pas eu le soutien des parents et cette aide divine à laquelle je me suis raccrochée, je ne serais pas la pétillante Maria comme tu dis, pleine de vie et d'humour !

— Tu es lumineuse, oui, mais tu es bloquée malgré tout. C'est un événement qui t'a traumatisée dans ta relation à l'homme et dans le fait d'être mère. Je me trompe ?

— Que non, tu ne te trompes pas. Même si mon corps fonctionne parfaitement, que je peux mettre un enfant au monde et une fille en plus, j'ai vraiment la crainte qu'elle vive la même chose que moi. C'est dingue, non ?

— Non, ce n'est pas dingue. Ça peut arriver... ou non. Ce ne sont que des suppositions. Mais si demain, tu rencontres quelqu'un qui fait battre ton cœur, eh bien vis, aime. Ne te pose pas de questions. Quoi qu'il en soit, tu sais très bien que ce n'est jamais tout blanc, tout parfait. Alors tourne le dos à tes peurs, Maria, et avance sans penser au pire !

— Jésus, Marie, Joseph ! Cela me fait tellement de bien de t'avoir tout raconté, je me sens beaucoup mieux. Et pour en finir avec mon histoire, sache que Pablo n'est pas resté longtemps sous le toit familial. L'irruption de mon père lui a passablement rafraîchi la mémoire. Il a rapidement fait demi-tour.

— Tu sais s'il a récidivé, car il n'a pas changé à ce que j'entends ?

— Non, je n'en sais rien. Les relations avec la famille de mon oncle Manuel se sont plutôt effritées. Indirectement, on a su que Pablo avait fréquenté une école spécialisée, un institut pour enfants difficiles. À l'âge adulte, il n'est jamais resté plus de deux mois dans une entreprise. Il ne s'est jamais stabilisé. Il ne s'est jamais « rangé. » Une évidence, rien qu'à le voir et l'entendre ! Mais dis-moi, enchaîne Maria jetant un coup d'œil à sa montre, il serait temps que j'arrête de monopoliser notre temps libre, car j'aimerais bien savoir si tout va mieux pour toi et Jérémy ?

— Ça va mieux, oui, ses aveux sur l'accident de son frère l'ont détendu. Il est loin d'être totalement libéré, cela fait tellement d'années qu'il vit avec cette culpabilité, sans parler de tout ce passif avec son père qui ne l'aide pas non plus.

— Et pour Bastien, sais-tu où il en est de ses relations avec Adrien ?... Mais tu n'as peut-être pas eu l'occasion d'en discuter ?

— Pas trop non, je sais simplement qu'ils sont toujours en contact, le père prenant des nouvelles de son aîné.

— Et de Jérémy, non ? Jésus, Marie, Joseph, mais c'est son fils aussi !

— Que veux-tu que je te dise ? Je suis loin de tout connaître sur la famille Duplessis. Mais depuis que j'ai rencontré Bastien, je pense en apprendre davantage. Avant de partir, il a pris mon numéro de téléphone. Il se fait du souci pour son frère et cela le rassurerait de pouvoir échanger avec moi.

— Bon alors, dès que tu as du nouveau, tu m'en parles ! me lance Maria tout en se dirigeant d'un pas rapide vers la porte d'entrée de l'agence, le trousseau de clefs à la main. Je suis curieuse de savoir ce que nous cache cet Adrien !

Chapitre 9

Les derniers mois de l'année 2009

La saison estivale se termine et la reprise s'annonce chargée. Monsieur David a ouvert une seconde agence à Caudéran, une banlieue résidentielle de l'agglomération bordelaise. Rémi s'y rend deux fois par semaine pour seconder le nouvel employé. Ce qui alourdit les tâches administratives pour Maria et moi à l'agence principale.

Jérémy passe énormément de temps devant son ordinateur et au téléphone. Des nouveaux contacts sont pris avec des responsables de magazines de voyages et des déplacements s'ensuivent entre la capitale et Lyon. Heureusement, pour la garde de Noah, la routine est en place avec mes parents.

Florence est attendue. Sa décision de venir est toujours à son programme. Un projet qui réjouit ma mère, n'y voyant que des avantages. Un équilibre pour Noah, du temps libre pour elle et peut-être l'occasion de rapprochements familiaux.

Bastien a regagné San Francisco. Quelques jours après son arrivée, des nouvelles nous parviennent.

Les échanges sont brefs, tous emportés dans le tourbillon de la reprise. D'ailleurs, Jérémy prépare son prochain voyage, une semaine en Crête début septembre, à la rencontre des villages traditionnels de montagne et de leurs habitants à l'hospitalité si notoire. Comme à l'accoutumée, il passe des heures à effectuer des recherches. L'histoire de cette île n'a pratiquement plus de secret pour lui. Généralement discret sur son travail, il partage cependant son désir de s'attarder dans le Nord-Est du pays, du côté d'Élounda, non loin du port de Plaka. Peut-être aussi influencé par la lecture d'un livre de Victoria Hislop[2] que je trouve tantôt sur la table du salon, tantôt sur sa table de nuit. Un roman basé sur des faits réels datant du début du vingtième siècle et se passant en Crête. Il relate l'existence d'une léproserie sur l'îlot de Spinalonga, surnommé « l'île des morts vivants. »

Écoutant les informations de mon compagnon avec beaucoup d'intérêt, je ne peux m'empêcher de penser au week-end que nous avons passé à Anglet. Revoir son frère et me parler ouvertement de son accident lui ont été vraiment bénéfique. C'est un tout autre personnage qui me fait face, éloquent et dévoilant

---

2   Écrivaine anglaise qui a publié « L'île des oubliés » en 2005.

sans détour ses passions. Florence, avec qui j'échange régulièrement, se réjouit à l'écoute de ces nouvelles.

Après une brève échappée en mer Méditerranée, je me trouve transportée du côté de l'océan Pacifique, dans l'état de Californie. Les frères Duplessis se sont donné le mot pour me faire voyager sans que je quitte le sol français. Pourtant, du côté ouest, je sens comme un désir, une attente. Bastien s'accorde du temps en visio pour nous parler de San Francisco. Le Golden Gate Bridge, le pont doré, gigantesque et suspendu qui relie la baie à l'océan Pacifique est mis à l'honneur. Bastien parle des phoques qui s'installent en toute liberté sur les pontons des quais de l'anse ainsi que d'une très ancienne fabrique de chocolats. À mon humble avis, ces lieux sont destinés principalement à Noah. Bastien qui ne pourra jamais être père, souhaite indéniablement être le meilleur des « oncles. »

Dans la suite de ses descriptions très attractives, il n'oublie pas son frère. Ce frangin qui ne lui a jamais rendu visite. Même s'il n'est absolument pas recommandé de conduire comme Steve Mac Queen[3] dans les rues pertues de la ville de San Francisco, Bastien ne doute pas un seul instant de l'engouement de Jérémy à emprunter le parcours de cet acteur. Sans la Mustang, il va de soi.

---

3   Film policier « Bullit » datant de 1968 – course poursuite dans les rues de San Francisco.

L'évasion se poursuit. Cette fois, je crois qu'elle m'est davantage destinée. Bastien émoustille ma curiosité en me parlant des grandes zones commerciales et des boutiques de luxe de la ville. J'apprécierais aussi une balade dans le quartier chinois et de prendre le funiculaire, le tramway, le « cable car » qui monte et qui descend les rues de la cité. Noah pourrait s'y croire comme dans un manège ! Je suis bien tentée également de découvrir ces magnifiques maisons colorées, datant de l'époque victorienne. Tout particulièrement une maison bleue très célèbre car l'un de nos chanteurs français, Maxime Le Forestier[4], y a vécu et a écrit à son propos une chanson très populaire.

Le projet d'une excursion américaine me comble de joie. Pour ce qui est de Jérémy, je ne peux pas dire que son enthousiasme égale le mien. À peine revenu de Crête, je l'ai vu nettement plus affairé dans son activité. Certes, la période des vacances est passée et le professionnel a repris le dessus. Mais pourquoi son attitude a-t-elle changé de nouveau ? La saison automnale se termine et on aurait pu évoquer la fin de l'année, les fêtes. On aurait pu envisager un voyage pour le printemps. Mais non. Son esprit est beaucoup plus préoccupé par le contrôle de son matériel photographique, par ses déplacements plus

---

4   1972 – chanson de Maxime Le Forestier « San Francisco ». C'est une
     maison bleue, adossée à la colline...

nombreux à Paris et par son prochain reportage en Irlande, dans la région du Connemara. Une nouvelle excursion prévue pour la mi-novembre mais en toute discrétion. Plus de partage, plus d'échanges, Jérémy se referme encore une fois dans son univers. Quand je lui ai parlé à plusieurs reprises d'une éventuelle visite chez son frère, son boulot a de suite fait barrage, au moins jusqu'au printemps prochain. Et dès la belle saison, il m'a expliqué qu'un épais brouillard s'étale parfois sur toute la ville de San Francisco, ce qui serait plutôt contrariant. Un phénomène climatique non négligeable, j'en conçois.

Devant ma mine déconfite, Jérémy se rapproche de moi et m'entoure de ses bras. « T'inquiète pas, me rassure-t-il, on ira voir mon frère mais pas encore, je ne peux vraiment pas. » Contrariée malgré tout, plus par l'attitude de mon compagnon que par le fait de ne pouvoir effectuer ce grand voyage plus rapidement, je me confie une nouvelle fois à Maria.

— Vois avec Bastien, me conseille-t-elle, arrange-toi pour l'avoir au téléphone. Jérémy va être encore absent une dizaine de jours, tu devrais en profiter pour te renseigner au sujet de ton compagnon, de son enfance, de ses relations avec leur père, le fameux Adrien… Son frère va peut-être pouvoir t'aider à comprendre pourquoi Jérémy est si tourmenté, si instable !

— Tu as raison, je vais le contacter.

Mardi dix-sept novembre 2009, Jérémy est en Irlande depuis trois jours. Je viens de coucher Noah. Comme convenu, je m'apprête à recevoir le coup de fil de Bastien.

Chapitre 10

Les secrets d'Adrien

— Allô, Ambre, Noah dort, c'est bon ?

— Oui, c'est bon. J'espère que c'est OK pour toi aussi, ta journée n'est pas finie là-bas, avec le décalage horaire…

— Non, je suis à la pause du déjeuner et c'est bien comme ça, nous avons du temps devant nous pour échanger. Bon, je vois que mon frère disjoncte de nouveau. J'ai pensé pourtant que ma dernière visite en France et que sa nouvelle vie de famille allaient le faire réagir…

— Moi aussi, j'y ai cru, mais tu vois, on approche des fêtes de fin d'année et il n'en parle pas. Quand il nous appelle d'Irlande, après avoir pris de nos nouvelles, tout tourne autour de son travail. Il en devient même saoulant ! C'est très difficile pour moi, tu sais. Et pour Noah également. Pour ma part, j'ai bien compris le mal-être de ton frère par rapport à toi, mais je crois que votre père a une grande part de responsabilité, comme m'a fait comprendre Florence cet été. Il s'est passé quoi, réellement ?

— Eh bien, cela remonte à la naissance de Jérémy. Et ce qu'il s'est passé, je l'ai appris dernièrement par la bouche de mon père.

— Tu l'as revu récemment ?

— Récemment, non, cela remonte à un peu plus d'un an maintenant.

— Comment ça se passe, tu es reçu chez lui à Paris ?

— Non, pas chez lui. Mais je sais qu'il vit du côté de la Butte Montmartre. Dans un superbe appartement je suppose, et... en famille.

— Normal, puisqu'il a refait sa vie.

— Oui, mais tu ne sais pas que la femme avec qui il est, eh bien, il habite avec elle depuis très longtemps.

— Très longtemps... ?

— Bien longtemps, oui, et pour être clair, mon père a mené pendant plus de vingt ans deux existences parallèles. Une femme légitime à Bordeaux et une compagne à Paris. Il a fondé deux foyers dans le plus grand des secrets.

— Deux foyers ! Et ta mère n'a rien vu, rien deviné ?

— À part des certitudes sur ses infidélités, elle n'a su qu'au moment du divorce qu'il fréquentait sérieusement une autre femme. D'après lui, cette relation ne durait que depuis cinq ans. Encore un beau mensonge, d'autant plus qu'il a eu un enfant d'elle. Tu t'imagines le choc pour ma mère ! Jamais un seul instant elle ne s'est doutée d'une telle situation !

— Ta mère est restée, malgré ce qu'elle croyait être des trahisons avec des liaisons de passage ?

— Elle devait encore l'aimer car bien que nous soyons adultes, elle n'a pas bougé. À vrai dire, je ne connais pas ses raisons profondes et quoi qu'il en soit, ses choix lui appartiennent.

— Mais comment il s'organisait ton père, pour les fêtes, les anniversaires, les vacances ?

— Très judicieusement et très malhonnêtement, malheureusement pour ma mère et sa maîtresse, compagne… je ne sais comment l'appeler.

— Tu la connais cette femme ?... Elle a su pour la double vie de ton père ?

— Non, je ne la connais pas et mon paternel a toujours été discret à son sujet. Je n'ai pas posé de questions non plus, n'ayant aucune envie d'en apprendre davantage. Je sais simplement qu'elle est d'origine suédoise et qu'elle a un nom qui ressemble à « Sandel » ou « Sanden…» Non, pour être exact, c'est plutôt « Sandberg », je m'en rappelle maintenant.

— Il sait pour nous, ton père ?

— Oui, je le lui ai appris par appel vidéo l'été dernier. Quand je lui ai parlé de Noah, j'ai vu son visage pâlir et ses yeux se voiler. « Tu es grand-père maintenant, papa, lui ai-je dit, et ton petit-fils te ressemble beaucoup ! Des cheveux clairs et de grands yeux d'un bleu étonnant. Plus foncés que les tiens mais pratiquement la copie conforme ! Si Jérémy et moi, on a hérité d'une bonne partie des gênes du côté maternel, lui, ton petit-fils, c'est plutôt toi ! » Je lui ai d'ailleurs de suite envoyé une photo du petit...

Les propos de Bastien provoquent en moi un beau remue-ménage. J'enchaîne cependant la conversation, en essayant de contrôler au mieux les diverses émotions qui me traversent.

— Sinon, tu as parlé à Jérémy de tes entrevues avec Adrien ?

— Non, je ne pense pas que cela soit bénéfique pour lui. Du moins pour l'instant. Par contre, ma mère est au courant, mais je n'en ai jamais trop discuté avec elle. Sauf en juillet dernier, la veille de votre arrivée. Elle a accusé le coup lorsque je lui ai appris, entre autres, le dernier mensonge de son ex et la « double naissance. »

— La « double naissance » ?

— Je vais t'expliquer. Je me suis donc retrouvé à Paris en juin 2008 pour le boulot. J'ai déjeuné avec mon père chez « Bellanger », notre brasserie habituelle située près de la gare du Nord. Cette fois-là, je l'ai trouvé tendu, mal dans sa peau, avec un visage inquiet. Alors que d'habitude, mon père dégage une prestance incroyable ! C'est vrai, sa belle allure de cinquantenaire et la couleur vive et lumineuse de ses yeux accrochent beaucoup de regards féminins, malgré ses tempes grisonnantes et la calvitie qui s'annonce sur le sommet de sa tête. Bref, j'allais donc l'interroger sur sa mine rembrunie quand il a commencé à parler. Difficilement au début car il a évoqué pour la première fois son attitude à l'égard de mon frère. Je me suis dit en moi-même,

Voilà le début du pont que je veux bâtir entre mon paternel et mon frangin !

Cela s'est donc passé en 1982, à la naissance de Jérémy. Le terme était prévu pour le seize octobre. Seulement, quinze jours avant, mon petit frère s'est pointé. Et ces quinze jours d'avance, figure-toi qu'ils ont fait rater à mon père un autre événement d'importance. La naissance du premier enfant de son autre femme qui s'est déroulé dans la capitale.

— La naissance … du premier enfant... de son autre femme !

— Oui, tu as bien compris et je pense que mon père en a toujours voulu indirectement plus ou moins à mon frère. Plus que moins d'ailleurs, car il n'a pu être présent pour l'arrivée de son autre enfant. Punaise, je me suis dit, c'est lui qui s'est mis dans des situations pas possibles et il n'a rien assumé ! Au contraire, tout est retombé sur Jérémy pendant des années. Pas bébé, ce que m'a précisé ma mère, mais dès qu'il a su marcher, parler. Une agressivité verbale et uniquement verbale dieu merci, quasiment régulière ou un désintérêt quasi permanent.

Mais mon père m'a avoué d'autres choses le concernant. Il n'est pas fier, figure-toi, des sentiments qui se sont installés progressivement en lui à la naissance de Jérémy. Pas fier de sentir cette préférence s'installer sournoisement à mon profit, accentuant son agacement intérieur de voir grandir son deuxième fils complètement différent de moi. Il n'a jamais aimé le côté turbulent et bruyant de Jérémy, il n'a jamais aimé son bavardage incessant, ses pitreries en tout genre pour se faire remarquer... Il l'a constamment comparé aussi à cet autre enfant, ce petit Parisien dont le comportement et le caractère sont, soi-disant, si proches du mien. Si proches du sien surtout. Il a même douté d'être vraiment le père de Jérémy, soupçonnant ma mère de l'avoir trompé !

« J'ai honte, m'a-t-il dit, j'ai honte d'avoir eu une telle pensée. J'ai épousé ta mère en 1977 et l'année de ta naissance en 1980, je me suis épris d'une autre femme. Je lui ai même fait un enfant deux ans après sans que personne n'en sache rien... et personne ne l'a su pendant si longtemps ! »

— Elle est vraiment spéciale l'attitude de ton père, Bastien. Spéciale, égoïste et très douloureuse pour Jérémy.

— Tu as raison, Ambre, mais je me souviens que mon paternel s'est quelque peu calmé quand nous sommes devenus des ados, permettant à toute la famille et surtout à Jérémy de vivre plus détendu. Disons que nous avons eu trois, voire quatre années de répit. Jusqu'à mon terrible accident de ski où tout a recommencé à une puissance inimaginable.

— Mais comment peut-on s'en prendre autant à son propre enfant, comment peut-on blesser toute sa famille car nul doute que toi et ta mère, vous avez aussi souffert de le voir agir ainsi. Et il en sait quoi, Jérémy, de toute cette histoire ?

— Il pense que notre père a trompé maintes fois notre mère, qu'il a divorcé pour créer une autre famille à Paris, qu'il préfère forcément.

— Il y a eu d'autres enfants dans le foyer parisien ?

— Non, il n'y a qu'un garçon et qui est donc né pratiquement en même temps que Jérémy. C'est ce que j'étais en train d'expliquer à ma mère la veille de votre arrivée à Anglet, ainsi que les soupçons de son mari vis-à-vis d'elle. Comme je t'ai déjà dit, sa double vie ne datait pas de cinq ans, ainsi qu'il l'a affirmé juste avant de divorcer, mais de vingt ans ! Quant à sa conduite envers son deuxième fils, tout est devenu affreusement limpide pour elle en un rien de temps.

— C'est bien triste tout ça car Jérémy paye cher la note. D'ailleurs depuis près de deux mois, je constate beaucoup de changements en lui. Nos conversations sont épisodiques et ne concernent souvent que son boulot. Il est beaucoup moins présent pour Noah et le petit le ressent. Il râle bien plus qu'à l'accoutumée. Puis ton frère a beaucoup augmenté sa consommation de cigarettes. Je pense qu'il doit griller un paquet par jour maintenant. Je me fais du souci. Comme ta mère, comme mes parents…

Durant quelques secondes, le silence nous relie. Bastien doit avoir la gorge sèche et moi, j'essaie de mettre de l'ordre dans ma tête. J'ai reçu tant d'informations sur la vie de mon compagnon et sur le comportement de son père à son égard, que je me sens plutôt désorientée. Nous nous quittons alors affectueusement tout en nous promettant d'entourer Jérémy le mieux possible.

Après un passage tout en douceur dans la chambre de Noah, je m'attarde sur le canapé du salon. Les jambes repliées, un plaid sur mes cuisses et tournant machinalement un bout de frange laineuse autour d'un doigt, je me demande où l'histoire de la famille Duplessis va bien pouvoir me conduire...

Chapitre 11

Réflexions de Jérémy en ce début d'année 2010

Appuyé contre le mur de l'entrée de notre bâtiment, emmitouflé dans ma parka, je fume nerveusement ma énième cigarette de la journée. La nuit m'encercle. Quelques réverbères diffusent une pâle lumière dans la rue où nous habitons. Peu de circulation, peu d'animation sur cette artère qui se trouve pourtant à proximité du cours Alsace-Lorraine. Les véhicules s'alignent, silencieux, le long du trottoir qui me fait face. Des bouts de carton protègent les pare-brises des gelées annoncées pour cette nuit. Le mois de janvier va nous faire frissonner. Les braves gens sont rentrés chez eux, au chaud. J'en imagine certains finissant leur repas, d'autres devant leur écran de télévision... Puis, rapidement, mon errance dans la vie des autres s'arrête et je reviens, nerveux, écouter ma voix intérieure. *Je ne comprends pas ce qu'il m'arrive, pourquoi tant de choses sont instables chez moi, pourquoi les peurs m'envahissent quand tout commence à s'améliorer dans ma vie...*

Avant de rencontrer Ambre, j'ai fréquenté une bande de copains. Des Bordelais pure souche. De bons vivants et de joyeux drilles. Il m'arrive souvent les samedis de les accompagner dans leurs sorties nocturnes et de faire la fête jusqu'à des heures impossibles. Depuis mon installation familiale, je m'arrange pour les croiser une à deux fois par mois et partager le pot de l'amitié, comme aime à préciser Ambre.

Lors de ces rencontres dans notre bar de prédilection situé sur le quai des Salinières, d'autres habitués se mêlent à nos conversations. Filles, garçons, tout le monde est accepté. Depuis l'automne dernier, une nana au look bizarre mais sympa se joint régulièrement à nous. Elle s'appelle Éva. Dans nos âges, un physique très commun, elle discourt, un petit verre de Bordeaux à la main. Elle nous raconte avoir fait des études de psychologie et semble très intéressée par la nature humaine et la complexité de ses pensées. De sa vie réelle et présente, elle ne dit mot.

Formée certainement à poser les bonnes questions et ayant évalué ma fragilité psychologique, Éva s'intéresse à ma personne, à ce qui se passe à l'intérieur de ma boîte crânienne. Il lui a fallu peu de temps pour y pénétrer et ébranler le peu d'assurance qu'il m'a semblé avoir retrouvé cet été.

Seraient-ce les échanges avec cette femme qui m'ont conduit à affaiblir mon esprit, mes résolutions ? Apeuré par ce qu'il pourrait m'arriver, j'ai foncé tête baissée dans mon boulot, négligeant ma vie personnelle. À aucun moment, je n'ai eu un sursaut de réaction, à me poser des questions au sujet du comportement de cette Éva. À aucun moment je n'ai pensé à un jeu intéressé, calculé.

Les fêtes de fin d'année se sont passées. Je reconnais encore avoir revêtu la combinaison du vaillant Jérémy, heureux d'avoir un bon job, heureux d'avoir une belle petite famille. Néanmoins, j'ai senti qu'Ambre et ma mère n'ont pas été dupes de ma comédie. Elles m'ont entouré du mieux qu'elles ont pu, cherchant à me ramener du brouillard où je m'enfonce progressivement. Bastien a fait de même, me tendant plusieurs fois la perche pour m'aider. « Viens quelques jours le mois prochain avec Ambre et le petit, viens te changer les idées, a-t-il insisté au téléphone. Le climat est vraiment cool, tu sais, à cette époque. Puis il n'y a pas la brume en hiver, on a souvent de belles journées ensoleillées et de quoi faire de belles visites. Tu pourrais même demander à maman de vous accompagner si tu le souhaites. Je serai tellement heureux de vous recevoir ! »

En écoutant cette chaleureuse invitation, je n'ai pas pu m'empêcher d'y penser en toute franchise. Oui, ce serait peut-être une excellente idée. Ambre n'attend que ça et franchement, il serait bon pour moi de décrocher de mon boulot, de mes habitudes et de mes fréquentations. J'ai remercié mon frère et je lui ai promis de voir mon agenda.

La nouvelle année commence et je laisse derrière moi la promesse faite à mon frère. Je n'ai pas consulté mon agenda. Ambre, au courant de cette nouvelle invitation pour s'en aller aux Amériques en début d'année, m'a relancé plusieurs fois. Mais je ne l'ai pas écoutée. Je ne peux plus l'écouter en fin de compte car je sens bien que depuis quelques mois, c'est un tout autre chemin que j'emprunte, malheureusement. Depuis que cette Éva m'attire dans sa trouble existence.

Chapitre 12

Février 2010, le premier week-end

Difficile pour moi le début d'année, Jérémy me cause bien du souci. Au bureau, Maria s'inquiète également. Au courant de l'énorme particularité du père de mon compagnon, elle revient souvent sur son inconduite, en invoquant le ciel, il va de soi.

— Jésus, Marie, Joseph ! Mais que peut-on faire dans des situations pareilles ? Comment peut-on vivre dans le mensonge, comment peut-on blesser autant son entourage, son gamin ? Bien sûr, c'est tellement plus facile d'accuser quelqu'un pour éviter de se regarder dans un miroir ! Je ne sais même pas qualifier le comportement de cet Adrien, tant il me hérisse le dos ! T'as beau me dire que cet homme a aimé deux femmes à la fois, cela n'excuse en rien sa conduite destructrice envers son propre fils. Mais comment peut-on préférer un enfant par rapport à l'autre et le lui faire sentir continuellement ? Il va finir par disjoncter complètement, ton Jérémy. Il est grand temps qu'il se fasse aider.

— C'est ce que tout le monde lui conseille, son père n'étant plus là pour le démotiver. Mais il n'en prend pas l'initiative. Je me sens tellement impuissante !

Les fêtes de Noël me laissent aussi un goût amer. L'intervention de Bastien pour inciter Jérémy à nous envoler vers San Francisco en début d'année n'a rien donné. Je perds confiance et ne sais plus où j'en suis, où je vais.

Jérémy se déplace souvent. Ses rendez-vous avec son associé, Benjamin, sont de plus en plus réguliers.

Janvier a déroulé ses jours dans la grisaille, quand un immense brouillard vient m'envahir. Le mois de février commence à peine.

Je viens juste de coucher Noah, grognon, enrhumé et réclamant sans cesse son « père. » Il ne le verra pas encore ce vendredi soir puisque Jérémy est à Paris pour son rendez-vous hebdomadaire avec son associé. Il ne sera de retour que vers vingt-deux heures. J'entends alors mon téléphone vibrer. Une légère appréhension me gagne quand je vois le numéro de l'associé de mon compagnon s'afficher.

— Bonsoir Ambre, je suis vraiment désolé de vous déranger, mais est-ce que Jérémy est avec vous ?

— Ah non, à cette heure-ci, il est normalement en votre compagnie, à Paris... ou sur le chemin du retour. Comme tous les vendredis, lui dis-je d'une voix tremblante.

— Comme tous les vendredis ? Mais... non...

Benjamin semble hésiter.

— Comment ça, non... rétorqué-je. Je ne comprends pas. Vu tout le travail que vous avez, Jérémy m'a expliqué la nécessité de vos rendez-vous hebdomadaires et... ce n'est pas le cas alors ?

— Pour aujourd'hui, si, mais je ne sens gêné de vous préciser que ce n'est pas tous les vendredis. Nous travaillons essentiellement par internet une grande partie du temps.

Une évidence particulièrement désagréable fait jour dans mon esprit. Depuis plus de quatre mois, mon compagnon me ment. Puis s'ensuit une peur incontrôlable en pensant au pire. Mes yeux se brouillent et une plainte contenue sort de ma gorge.

— Je suis navré, Ambre, je ne sais pas ce qu'il se passe dans votre couple et je me garderais bien de vous questionner. Par contre, l'absence et le silence de Jérémy m'inquiètent. J'ai attendu toute la journée, espérant qu'il se manifeste mais au bout d'un moment, j'ai bien été obligé de vous contacter. Avec toutes les conséquences que cela peut entraîner. Malheureusement, je n'ai jamais pensé qu'il s'y rajouterait un problème relationnel.

— Vous ne pouviez pas savoir, Benjamin, et moi, je découvre un comportement surprenant de mon compagnon. Mais l'urgence, c'est de le retrouver au plus vite. Il a peut-être eu un accident ou subi une agression dans les rues de Paris ?

— J'ai déjà contacté la gendarmerie, les hôpitaux en donnant le signalement, l'identité de Jérémy et son numéro de portable. Cela n'a rien donné jusqu'ici.

Angoissée, je continue de réfléchir.

— Ou alors, il n'est jamais allé à Paris ! dis-je, affolée.

— Il faudrait voir du côté de l'aéroport de Mérignac, au niveau du parking, s'il a enregistré un stationnement. Sa voiture y est peut-être encore ? s'interroge Benjamin.

— Oui, et prévenir également la gendarmerie ici, appeler les hôpitaux de la région... Mais je vais devoir vous laisser, Benjamin, ces coups de fil n'attendent pas. J'appelle mes parents en suivant car je vais bien avoir besoin d'eux pour effectuer ces premières recherches et de leur soutien également. Je vous tiens au courant dès que j'ai du nouveau.

— Merci, Ambre, je garde mon téléphone portable près de moi cette nuit. De toutes les façons, je ne pourrais guère dormir.

Je raccroche dans un état nauséeux. *Mais qu'est-ce qu'il me fait, mais qu'est-ce qu'il me fait ? Et où est-il, avec une autre fille ou bien dans un fossé, écrasé par la tôle de sa voiture ? Il souffre, il est inconscient ou déjà il...*

Cette image me secoue terriblement. Je reprends d'un geste vif le téléphone et compose le numéro de mes parents.

Dix minutes plus tard, ils sonnent à la porte. Je m'effondre dans les bras de ma mère.

Les ténèbres m'entourent, je perds connaissance.

Au bout d'un moment, j'ouvre les yeux. Allongée sur mon lit, ma mère me passe un gant d'eau froide sur le front.

— T'inquiète pas, ma chérie, tu as eu un léger malaise, mais tout va bien maintenant. Tu sais qu'on est là et on va faire tout ce que l'on peut pour retrouver Jérémy. Pour l'instant, il n'a été admis dans aucun hôpital, c'est en soi, rassurant. La gendarmerie a été prévenue. Les disparitions d'adultes ne sont pas forcément toutes prises en compte, tu sais, mais au vu des premiers éléments fournis par ton père, un dossier a été ouvert. Il est clair que nous devons rester en contact et si Jérémy ne rentre pas cette nuit, il faudra passer les voir demain pour leur donner plus d'informations.

— Florence est au courant ?

— Oui, répond ma mère, elle est en route et doit être dans tous ses états.

— Noah ?

— Il dort, rassure-toi.

Reprenant mes esprits, je me concentre de nouveau sur la disparition de Jérémy. Vers qui, vers quoi peut-on orienter nos recherches ?

— Vous avez essayé de le rappeler ?

— Oui, mais on tombe sur sa messagerie.

— Et du côte des parkings de l'aéroport de Mérignac, on pourrait obtenir peut-être des infos ?

— Je ne sais pas si on va avoir un interlocuteur au bout du fil, les bureaux sont fermés à l'heure actuelle, précise ma mère. Mais tu connais peut-être certains de ses amis que l'on pourrait contacter ?

— Non, lui dis-je tristement, je sais seulement qu'il a gardé des relations avec quelques copains, qu'il va prendre un pot en leur compagnie quelquefois, dans un bar situé sur le quai des Salinières. Mais je ne l'ai jamais accompagné, et je ne connais pas le nom du bar. C'est son moment entre copains.

— C'est une piste. En attendant l'arrivée de Florence, on va se renseigner avec ton père et comme il est à peine vingt-deux heures, on va assurément avoir quelqu'un au bout du fil et peut-être obtenir des informations.

— Je me lève et je viens vous aider, lancé-je, oppressée.

— T'es sûre, Ambre, tu ne veux pas rester encore un peu allongée ?

— Non, maman, j'ai besoin de le chercher et de m'occuper l'esprit. Si je ne fais rien, je vais penser au pire.

Ainsi a démarré ce premier week-end de février, dans l'inquiétude, dans le stress, dans la détresse. Une effervescence douloureuse a envahi mon existence.

Maria, Rémy, monsieur David, les jeunes et sympathiques voisins habitant sur le même palier que nous, tous ont mis en action leurs réseaux pour diffuser la photo de Jérémy, espérant débusquer la moindre piste pouvant nous conduire à lui.

L'enquête menée auprès de l'aéroport de Mérignac n'a rien donné. Pas de Renault Mégane grise parquée à son nom en ce fameux vendredi cinq février 2010.

Toujours aucune admission enregistrée dans les hôpitaux, ce qui a réduit passablement le stress quotidien que nous vivons.

Durant les premiers jours qui ont suivi cet angoissant week-end, Florence a fini par prévenir Bastien. Très secoué, il n'a plus lâché son téléphone et son ordinateur. Le décalage horaire ne signifiant pas grand-chose dans une telle situation.

Poursuivant leurs investigations, mon père et Florence se sont rendus dans le bar « des copains », finalement repéré sur le quai des Salinières et ayant déjà reçu la visite d'enquêteurs officiels.

Toujours la même réponse négative, pas de nouvelles de Jérémy. Une précision cependant est venue confirmer mes doutes. Lors de ces rencontres amicales, une femme, la trentaine, s'est quelquefois mêlée aux groupes d'amis. Interrogé, l'un des copains du groupe l'a décrite rapidement.

Cette jeune femme arbore une chevelure brune, mi-longue et raide. Elle est souvent vêtue d'un jean délavé et d'un gros pull vert à col roulé, tout bouloché. Les traits émaciés de son visage n'ont rien de particulier mais son langage est recherché. « Ça, c'est une gonzesse qui a fait des études, a précisé le copain grassouillet, au sourire édenté et aux yeux brillants. Et comment elle en est arrivée là, à traîner dans les bars ? J'en sais trop rien, moi. »

Le pote de Jérémy aux joues rondes, après avoir bu une gorgée de bière et laissé au passage un peu de mousse dans sa barbichette rousse, a repris son discours. Un tantinet fier d'être sollicité pour la deuxième fois. S'appliquant dans sa façon de parler, il a précisé que cette curieuse femme arrive toujours seule dans le troquet. Mais pour lui, elle est franchement bizarre, comme s'il y avait deux personnes en elle. Tantôt un peu gouailleuse, tantôt super sérieuse, parlant comme un prof et discourant souvent sur la nature humaine, sur sa psychologie. Quand Jérémy était présent, elle le monopolisait une bonne partie de la soirée. Mais jamais elle ne s'est confiée sur elle-même. Seul son prénom circule ici. Elle s'appelle Éva. Inscrite, comme Jérémy, aux abonnés absents.

Tout devient de plus en plus difficile à gérer. Je fais de mon mieux dans la journée pour être présente auprès de Noah, pour continuer un semblant de vie normale. J'ai pris un congé mais je ne peux m'empêcher de passer à l'agence. J'ai besoin de bouger, de marcher. J'ai besoin de parler, d'échanger avec Maria qui essaie de maîtriser mes pensées, toutes plus affolantes les unes que les autres.

Dans ma tête, cette fameuse Éva revient sans cesse et j'ai de plus en plus la certitude qu'elle n'est pas étrangère à la disparition de Jérémy.

Même si je suis blessée et me sens abandonnée, mon désir qu'il soit en vie et en bonne santé importe davantage. Seulement, on ne sait rien et mes nuits sont de plus en plus cauchemardesques. Tout se mélange dans mon cerveau. Les pilules que j'avale pour trouver le sommeil m'entraînent dans un puits sans fond. Je ne distingue plus le vrai du faux, la réalité de la fiction. Les jours deviennent des nuits, les nuits des mondes irréels. Je ne sais plus où je suis.

Chapitre 13

Ces autres mondes

L'herbe est douce sous mes pieds. Au-dessus de moi, les feuilles des arbres se balancent, poussées par le souffle d'un vent tiède et léger. Je ne sais pas où je suis. Je lève encore les yeux pour admirer la voûte céleste d'un bleu si lumineux. Non loin de là, je perçois le frémissement d'une eau. Je m'approche. Une rivière s'écoule tranquillement, butant par endroits sur de grosses pierres. Je ne sais toujours pas où je suis. Quelques oiseaux chantent autour de moi. Soudain, une musique parvient à mes oreilles. Je reconnais le son d'une flûte, d'un violon, d'un accordéon. De l'autre côté de la rivière, quelqu'un me fait des grands signes, comme si je devais le rejoindre. C'est un homme vêtu d'une chemise blanche bouffante et d'un pantalon qui me semble beige. Une large et longue ceinture noire en tissu léger entoure sa taille. Chose étrange, il est masqué.

Derrière lui, un groupe de gars et de filles se tiennent par la main et forment une ronde. Ils dansent joyeusement au rythme des sons des instruments. Les jeunes femmes portent de longues robes évasées et un châle sur les épaules tandis que leurs compagnons arborent la même tenue que l'homme qui me fait face. Chose toujours étrange, leur visage est caché.

— Viens, Ambre, viens danser ! me crie l'homme sur l'autre rive.

Le ton de sa voix ne m'est pas inconnu mais je ne sais pas qui il est.

— On se connaît ?

— Oui, allez… viens.

— Mais, comment veux-tu que je vienne, il y a cette grande rivière !

— Ferme les yeux, Ambre, et imagine très fort que tu peux la survoler pour arriver de l'autre côté. Il suffit juste de visualiser. Fais-moi confiance !

J'hésite un instant.

— Viens, Ambre, viens dans mes bras, me dit-il tendrement.

Sa voix m'attire comme un aimant. Je baisse alors mes paupières et concentre toute mon attention sur ce qu'il me semble être absolument impossible. Mais il ne faut que quelques secondes pour que la caresse de l'herbe sous mes pieds disparaisse. Mon corps se soulève comme une plume dans le vent. À la fois inquiète et curieuse, j'ouvre un œil. Je n'en reviens pas. Je me déplace au gré de ma pensée et survole la rivière qui continue sa route, insouciante.

Je suis déjà sur l'autre rive et m'approche de ce mystérieux individu. Sans perdre de temps, il m'attire contre lui et commence à faire voleter ma robe blanche. Mais qui me rend si heureuse ?

— Tu ne veux pas enlever ton masque ? hasardé-je, je reconnais bien le son de ta voix mais je n'arrive pas à me souvenir de ton prénom.

— Eh non, tu sais que c'est le jeu, me répond-il.

— Le jeu !... le jeu de quoi ?

— Le jeu pour la soirée.

— Mais il fait grand jour ! lui dis-je, étonnée.

— Attends, regarde.

En un rien de temps, le ciel prend la couleur de l'encre et je n'aperçois aucune étoile. Doucement, une pluie fine et continue se met à tomber. Toujours aussi joyeux, les danseurs dans la pénombre courent vers le fond du champ où une grange et quelques lanternes prennent soudainement forme. Malgré l'invitation de mon cavalier à rejoindre le refuge, je ne bouge pas, je ne le suis pas. Un couple au comportement étrange apparaît devant mes yeux. L'homme, planté sur ses deux jambes, m'observe en silence tandis que sa compagne essaie désespérément de l'entraîner vers la grange. Je ne vois toujours aucun visage.

Mais pourquoi cette immobilité sous cette pluie, pourquoi me dévisagent-ils ainsi ? Sans qu'un mot ne soit prononcé, je perçois une intense tristesse émaner de ces deux âmes. Brusquement, la pluie vient m'agresser. Froide et violente, elle me transperce jusqu'aux os. Ma tête se met à cogner. Soudain, le sol se dérobe sous mes pieds et je glisse dans un grand trou noir. Aussitôt, un souffle puissant m'encercle et m'entraîne vers les profondeurs. Affolée, je cherche des points d'accroche, une racine, une pierre, mais je ne trouve rien.

Je ne sais combien de temps dure cette descente infernale mais dans mon esprit, la certitude de ne plus jamais revoir la lumière s'installe progressivement. La peur m'étreint. Soudain, j'aperçois une lueur diffuse surgir de cet abîme sans fin.

Délicatement, elle vient alors m'envelopper avec une extrême douceur, une infinie bienveillance. Au même instant, un parfum caresse mes narines. Ce parfum qui a tant bercé mon enfance. Combien de fois ai-je accompagné ma grand-mère Viviane dans son jardin pour m'enivrer de l'arôme de ses roses ! Ces grosses fleurs anciennes, rondes, lourdes, dont les nombreux pétales dégagent une fragrance inoubliable, délicieusement odorante. À l'évocation de ces tendres souvenirs, je sens alors les larmes me monter aux yeux.

***

— Annie, tu veux venir voir un instant, s'il te plaît ?
— Voir quoi ?
— Approche... regarde...

Annie s'approche et suit du regard la direction qu'on lui indique. Intriguée, elle se penche pour s'assurer de sa vision.

— T'as vu alors… ? questionne Karine, on est d'accord ?

— Oui, il se passe quelque chose.

— Alors, file et va prévenir le docteur François que la « 112 » se réveille !

Chapitre 14

Bordeaux, CHU Pellegrin

Perdue, j'ouvre de grands yeux humides, découvrant un tout autre environnement. La lumière si douce, si rassurante qui m'a entourée à l'instant a disparu. Celle ressentie dans cet endroit semble artificielle, sans âme. J'ai froid. J'ai vraiment très froid et me sens désorientée. Ici, l'atmosphère est étrange, comme capitonnée, où ne filtrent que des bruits réguliers, des bips continus, monotones. J'aperçois alors un visage flou qui se penche dans ma direction.

— Bonjour Ambre, je suis le docteur François, le responsable du service de réanimation de l'hôpital Pellegrin à Bordeaux. Si vous m'entendez, pouvez-vous me serrer la main ?

Je ressens alors une vague chaleur envelopper l'une de mes mains, suivie d'une légère pression sur mes doigts engourdis. J'essaie péniblement de mobiliser quelques articulations.

J'ai dû réussir car je perçois à nouveau la puissante voix s'exprimer au-dessus de ma tête.

— Parfait, Ambre, maintenant, je vais effectuer un contrôle de vos pupilles. Je veux m'assurer des bonnes conditions de votre réveil.

Aussitôt, l'une de mes paupières est soulevée et un éclair lumineux jaillit. Sans attendre, la forme inconsistante effectue le même examen au niveau de mon deuxième œil.

— Bien, bien, bien… et une autre petite vérification pour terminer. Je vais mettre un doigt devant vos yeux, le déplacer et vous allez le suivre du regard…

Je ne sais plus comment s'est passé ce dernier examen car la voix du médecin s'estompe rapidement, comme cette image nébuleuse, comme les sons environnants.

Plus tard, je surprends d'autres timbres aux intonations différentes, plus légères, plus modulées, parfois à l'accent prononcé, toutes sollicitant mes réflexes physiques.

— Réveillez-vous, Ambre, réveillez-vous. Serrez-moi la main, ouvrez les yeux.

J'ai la sensation de répéter mécaniquement ces exercices un bon nombre de fois mais sans aucun ressenti émotionnel, sans aucune analyse de ma part.

Au bout d'un temps indéfinissable, d'autres réseaux situés dans mon cerveau reprennent un semblant d'activité, recevant comme une pulsion électrique.

Le visage flou avec sa voix grave et puissante reviennent me solliciter. Ma nébuleuse vision des premiers instants finit par s'atténuer. Je distingue alors un homme longiligne revêtu d'une blouse blanche, sa tête recouverte d'un bonnet. Derrière lui, une autre silhouette masculine apparaît. Plus jeune et tout de bleu vêtue, elle me salue courtoisement. Elle se présente comme étant l'un des médecins réanimateurs du service. Son nom qui me semble compliqué, heurte ma conscience. L'autre docteur reprend alors la parole.

— Tout va bien, Ambre, vous répondez aux différents stimuli et vos examens sont parfaitement normaux Mon équipe et moi-même sommes très optimistes pour la suite.

Mais pas moi. Je sens que je ne vais pas bien du tout. Le froid réinvestit mon corps et ma tête me fait mal. Je lance alors un regard désespéré en direction de la voix. Je veux parler mais quelque chose obstrue ma gorge. Je m'agite.

— Doucement, Ambre, m'invite l'homme à la blouse blanche, tout en m'immobilisant avec ses mains puissantes.

Je comprends, enchaîne-t-il, vous vous sentez désorientée et souhaitez communiquer. Seulement, pour votre sécurité, nous avons dû vous mettre sous respirateur artificiel. Mais plus pour longtemps, soyez-en assurée. Je vais néanmoins vous expliquer brièvement les raisons de votre présence, ici, à l'hôpital Pellegrin de Bordeaux.

En tout premier lieu, vous souvenez-vous de votre

prénom, « Ambre » ? Pas parce que je le prononce, mais parce qu'il figure réellement dans votre mémoire ?

Je fais signe que oui.

— Bien, je continue donc et je vais d'abord vous re-situer dans le temps.

Nous sommes aujourd'hui le vingt-huit février 2010 et il est neuf heures du matin. Il y a treize jours, soit le lundi quinze, vous êtes arrivée aux urgences suite à une mauvaise chute. Votre crâne a heurté violemment un trottoir. En possédez-vous quelques souvenirs ?

À l'hôpital... une chute... un choc à la tête !

Je bouge négativement la tête et lui lance un regard apeuré.

— Ne vous tourmentez pas, dans les jours à venir, vous verrez, votre mémoire va s'améliorer. Puis nous sommes tous ici pour vous accompagner, pour vous rendre votre autonomie également et vous aider à retrouver vos repères.

Suivant du regard le geste d'une de ses mains, j'aperçois alors deux autres personnes de l'autre côté de mon lit. Deux femmes, des infirmières sans doute, revêtues d'une blouse bleue, d'un bonnet de la même couleur et d'un masque sur le visage. Elles s'activent en silence comme des robots autour de machines. Ces appareils, émetteurs des fameux bips sonores, aux multiples boutons et munis de cadrans où défilent continuellement des lignes, des courbes colorées.

Le docteur Machin — j'ai déjà oublié son nom ! — me répète plusieurs fois que tout va bien. Mais la vue de tout ce matériel sophistiqué, de ces humains empathiques mais déguisés, de tous ces tuyaux qui agressent mon corps et le froid qui l'entoure, m'angoissent littéralement. Tout comme ce grand vide qui emplit mon cerveau. Effrayée, je n'ai qu'un désir, revenir vers cette lumière si douce, si enveloppante et remplie d'amour. Dans cet univers là-bas, de l'autre côté, où tout est léger et sans souffrance. Ici, dans cette pièce aseptisée, mon corps me fait mal et j'ai peur. Je ferme les yeux.

Durant un laps de temps que je ne saurais quantifier, je repars loin de cet endroit, loin de mon corps meurtri, étendu, entravé, immobile. Mais je ne revois pas la douce lumière. Dans cet état d'inconscience ou de demi-sommeil, ma mémoire s'anime, fouillant dans les recoins de mon cerveau, cherchant à relier d'une manière cohérente des images, des souvenirs qui ne cessent d'affluer derrière mes paupières, des paroles confuses, étranges qui résonnent dans ma tête.

C'est un désordre épouvantable. Puis, soudain, tout s'apaise. Le sang circulant dans mon corps se réchauffe et une sensation agréable m'envahit. Le bourdonnement de fond finit par s'estomper.

Alors que des nouvelles connexions s'opèrent à l'intérieur de ma boîte crânienne, lentement, je comprends. Il est temps pour moi de revenir sur terre.

Une nouvelle fois, mes paupières se soulèvent. Mon regard s'arrête sur une pendule fixée non loin de la porte d'entrée. Je la découvre. Huit heures s'affichent. Du matin, du soir ? ... de quel jour ? Je n'en sais strictement rien. Ne voulant pas céder à la panique, je m'applique à diriger mon attention sur tout ce qui m'entoure. Cette pièce est vraiment glauque et je n'aime pas son éclairage électrique. Les moniteurs de surveillance montent toujours la garde, ponctués de leurs différents bips. Le tuyau dans ma gorge me gène considérablement mais je m'efforce de garder mon calme, espérant qu'il me soit très prochainement retiré. J'ai tant de questions à poser.

Je ressens du poids sur mon corps, léger et chaud à la fois. Peut-être une couverture ? En face de moi, une grande fenêtre vitrée sans ouverture est partiellement occultée par un store. La tête légèrement redressée sur l'oreiller, je constate du mouvement à travers la vitre. Des silhouettes bleues, amputées de leur tête passent et repassent sans bruit.

Regardant légèrement de côté, j'aperçois alors plusieurs feuilles de papier accrochées au mur, au-dessus d'un bureau. Des dessins aux contours enfantins et aux couleurs discrètes. Je les fixe un moment, certaine d'en avoir déjà vus avant, mais pas ici, pas dans cette pièce. Je les fixe encore, comme si ces bonhommes noirs en forme de bâtons et ces soleils éclatants aux rayons gigantesques voulaient me parler. Oui, le message est là. Devant mes yeux, je découvre alors quatre grandes lettres majuscules, déformées, un peu bancales. La signature du jeune dessinateur… « N O… A H »

Aussitôt, mon pouls s'accélère et ma poitrine se soulève. La modification de mon état s'enregistre immédiatement sur les appareils de contrôle. La porte de la chambre s'ouvre aussitôt, laissant passer une infirmière. Que je reconnais pour l'avoir déjà aperçue à mon chevet plusieurs fois lors de mes réveils à répétition. Mais, sentiment étrange, je l'ai déjà vue bien avant. Tout comme le médecin en blouse blanche, dont le nom ne me revient pas.

— Re-bonjour, Ambre, vous vous souvenez de moi ? Je suis Karine, l'infirmière de jour qui s'occupe de vous.

C'est donc le jour ! observé-je en moi-même, tout en répondant à sa question d'un signe de tête affirmatif. Continuant d'examiner tout ce qui se présente à mes yeux, avide de repères, je remarque alors quelques mèches rousses dépasser du bonnet de l'infirmière.

— Vous êtes de nouveau réveillée et un peu inquiète, il me semble, précise-t-elle. Comme vos appareils sont reliés à un central de surveillance, nous détectons de suite toute anomalie.

Vérifiant consciencieusement les données affichées, Karine se tourne vers moi et me tranquillise.

— Tout va bien, Ambre, et je vous apporte une bonne nouvelle. Ce matin, premier jour du mois de mars, est un grand jour. Nous allons entamer votre libération d'une grande partie de cette tuyauterie et de ces branchements. Doucement et sous contrôle, il va de soi. Je pense que vous êtes d'accord ? questionne Karine au visage piqueté de quelques taches de rousseur. Le docteur François et le médecin réanimateur ne vont pas tarder, ainsi qu'Annie, l'aide-soignante qui me seconde.

C'est donc « François » le nom du docteur et il y a une « Annie », aussi ?

N'entendant pas ma petite voix intérieure et sachant parfaitement que le moment est venu de m'extuber pour que je puisse reprendre une respiration normale, Karine, aux gestes professionnels aguerris, continue méthodiquement son travail.

Au mur, le prénom de mon enfant me lance comme un appel muet.

Je me trouve enfin libérée de tous mes fils. Exceptés de certains, encore indispensables au fonctionnement de mon corps. L'équipe médicale m'entoure, gantée et masquée. Mes premiers mots sont difficiles à sortir. Utilisant les gestes, je tends un doigt vers les dessins de Noah.

— C'est mon fils, dis-je d'une voix sourde et rauque.

— Parfait, se réjouit le docteur François chez qui je distingue pour la première fois le regard ténébreux derrière des lunettes rondes et sous des sourcils grisonnants. Bientôt, vous pourrez l'embrasser votre petit et également tous ceux qui vous sont chers, enchaîne-t-il. Hier matin, dès vos premiers signes de réveil, nous avons prévenu vos parents. Et dans l'après-midi, vous avez reçu leur visite. Vous rappelez-vous les avoirs vus… ou entendus ?

Tristement, je secoue la tête. Je ne m'en souviens pas. Un immense doute finit par prendre possession de mes pensées. *Si j'avais aperçu des personnes étrangères au service, des proches par exemple, aurais-je pu identifier au moins mes parents ?*

Surveillant mes moindres réactions, le docteur, tout en exerçant de sa main une légère pression sur mon avant-bras, cherche à m'apaiser.

— Votre réveil est tout récent, Ambre, vous avez versé quelques larmes il y a tout juste vingt-quatre heures. Que l'on peut qualifier de salvatrices. Mais je suppose que c'est quand même confus à l'intérieur, là… ajoute-t-il en léchant mon bras et en posant avec légèreté son index droit sur le bandage entourant mon crâne.

Acquiesçant d'un mouvement de tête pour ce qui est de ma mémoire, je m'apprête avec inquiétude à formuler une question concernant cette fameuse chute et mon traumatisme crânien. Ma voix s'éraille.

Péniblement, trois mots sortent de ma bouche.

— L'accident ? … mes… blessures ?

— Ce que j'ai retenu des circonstances de votre accident, enchaîne le médecin, c'est le fait que vous avez été violemment bousculée. Il y a eu un témoin de votre agression qui s'est déroulée dans la rue où vous habitez. Fortement secouée, vous avez perdu votre équilibre et votre tête a heurté brutalement le bord du trottoir. Le témoin qui a fait fuir votre agresseur a alerté de suite les secours. Il a déclaré votre état de confusion et signalé une blessure au niveau de votre boîte crânienne. C'était le lundi quinze février au soir, vers dix-huit heures, dix-huit heures trente, peut-être. Vous vous souvenez de quelque chose à ce stade, Ambre ?

Je secoue encore négativement la tête.

— Bon, alors je poursuis mon résumé vous concernant.

Alertées par le vacarme, des personnes habitant votre rue sont sorties de leur appartement. Parmi eux, il y a eu vos parents qui vous ont de suite entourée et accompagnée jusqu'ici. C'était il y a treize jours et bientôt quatorze, d'ailleurs. Cela s'est donc passé le lundi quinze février au soir. Je me répète, je sais, mais c'est important pour vous.

Vous avez subi une commotion cérébrale, Ambre, vous avez eu des envies de vomir et vous avez perdu connaissance. Tous ces constats et votre plaie au niveau du crâne nous ont amenés à vous mettre dans un coma artificiel dès votre arrivée. Pour préserver vos fonctions cérébrales, maintenir la pression à l'intérieur de votre boîte crânienne à un niveau stable, faciliter votre respiration et nous permettre également d'accomplir au mieux tous nos soins.

— Un coma... artificiel ! arrivé-je à articuler péniblement.

— Oui, mais il est terminé. Lorsque nous avons jugé opportun de le faire, nous avons diminué progressivement les sédatifs. Vous avez été surveillée jour et nuit, vous avez subi les examens nécessaires pour évaluer votre progression dans cette phase de réveil. Seulement, des complications sont apparues durant deux jours, où nous avons constaté un recul de vos perceptions aux différents tests effectués de votre état de conscience. Médicalement, tout a été contrôlé et rien n'a justifié cette régression. Après quarante-huit heures d'inquiétude, autant pour nous que pour votre famille, nous avons été soulagés de voir vos indicateurs repartir dans le bon sens. Aujourd'hui, vous prenez un autre chemin, celui de la récupération physique et psychique. Avec notre aide, celle de vos proches et de vos amis aussi.

Me serrant doucement la main, le docteur prend congé sans oublier de prononcer quelques bonnes paroles réconfortantes à mon égard.

La haute silhouette en blouse blanche se dirige d'un pas rapide et feutré vers la sortie. Après m'avoir saluée, le jeune et grand médecin réanimateur, lui emboîte le pas. Un bref appui sur le bouton de commande d'ouverture et je vois immédiatement la porte coulisser. Les deux hommes disparaissent rapidement de mon champ de vision.

Dans la chambre, Karine et l'aide-soignante, Annie, rangent le matériel tout en me surveillant discrètement du coin de l'œil. Je sors à peine d'un coma. Tout me semble irréel. Pourtant, je me trouve sur un lit d'hôpital, affaiblie, blessée à la tête, à d'autres endroits peut-être et complètement perdue dans le fil de ma vie. Une angoisse soudaine m'étreint la gorge. Elle ne passe pas inaperçue. L'infirmière aux cheveux roux m'entoure déjà. Avec beaucoup de compassion, elle me prend la main et me réconforte. Comme une mère le ferait.

— Courage, Ambre, courage et patience, on est au tout début du chemin qui va vous ramener chez vous. Voyez, me dit-elle, en me montrant du doigt les adorables dessins de mon petit garçon, ça, c'est vos billets de retour vers lui et un grand pont pour retrouver tous les vôtres et votre existence.

Je suis accrochée aux grands yeux verts pleins de bonté de Karine, à son visage à peine ridé. Elle finit par me calmer.

— Et ce n'est pas fini, s'exclame-t-elle, joyeuse, dans peu de temps on va vous redresser sur vos oreillers pour prendre votre premier bouillon de légumes, le potage du grand retour, ajoute-t-elle, avec un brin d'humour. Le café ou le thé, ce sera pour plus tard. Et d'ici deux jours, vous allez changer de service. Vous serez dans une chambre beaucoup plus accueillante, avec une fenêtre qui donne sur l'extérieur et un cadre beaucoup moins impressionnant pour le regard de votre petit garçon. Vous y resterez jusqu'à ce que vous puissiez vous déplacer seule correctement et reprendre quelques forces. Puis, en fonction de votre état, si vous rencontrez des difficultés pour retrouver toutes vos capacités physiques et psychiques, des séances de rééducation vous seront prescrites. En alternance, bien sûr, avec la reprise de votre vie quotidienne. Pas encore avec votre activité professionnelle, comme vous pouvez vous en douter, mais chez vous, entourée par tous ceux et celles qui vous aiment et que vous aimez.

Ses mots réconfortants déclenchent en moi un soupir de soulagement. Au même moment, l'image de Noah m'apparaît. Je devine sa bouille ronde, ses grands yeux d'un bleu saisissant, ses cheveux blonds et si fins. J'entends ses rires, ses cris, ses larmes… Il est bien là, devant moi. Moi, sa maman, Ambre. Puis, derrière lui, se dessinent soudain d'autres visages. Ceux de mes parents, que je retrouve, que j'identifie sans peine.

J'entrevois les yeux miellés de mon père, Nicolas, ses cheveux châtains, indisciplinés et dégarnis. Je devine son sourire, toujours aussi rayonnant. Ma mère n'est pas loin. Une silhouette toute menue, à l'ossature frêle qui répond au prénom de Marylène. À la voir, personne ne peut deviner toute l'énergie qui circule en elle. Un contraste surprenant avec la nature calme et posée de son époux au gabarit imposant. Mais c'est une femme aimante, débordante de tendresse. Il suffit de plonger son regard dans ses grands yeux gris argentés pour recevoir une puissante vague d'amour.

Mes premiers souvenirs prennent forme et patiemment, j'attends la suite, parfaitement consciente qu'il me manque quelqu'un d'important. Quelqu'un qui doit être près de moi, près de Noah. Son père... Je me mets à trembler. *Mais où est son père ? hurlé-je intérieurement, affolée. Je ne le vois pas !*

Chapitre 15

Mars 2010 (suite)

Après ma crise de panique, de suite canalisée par le personnel soignant, je m'apprête à revoir mes parents. Pas Noah, non, pas encore. Ce qui m'attriste énormément, mais je comprends bien qu'il lui manque quelques années pour franchir les portes d'un service de réanimation. Même si sa maman s'y trouve.

Je regarde sans arrêt la pendule située près de la porte d'entrée. Une nouvelle compagne silencieuse, toute ronde et au cadran argenté qui s'accorde maintenant à rythmer mon existence, à la décomposer en tranches horaires. Celles du matin, de l'après-midi... de la nuit. Mais les aiguilles sont si lentes à se déplacer ! Deux heures d'attente encore avant de pouvoir embrasser mes chers parents. Les visites de famille sont très encadrées afin de ne pas perturber le service et permettre également aux patients de se reposer. Encadrées, limitées certes, mais vivement conseillées. À seize heures, les miens seront là.

La pendule joue avec mon impatience grandissante. Pour éviter de lui accorder trop d'importance, j'essaie de porter mon attention ailleurs. Je lève un bras, le tourne, évaluant sa maigreur, sa pâleur. Je passe une main sur une joue, puis sur l'autre, sentant un léger creux au bout de mes doigts. Je n'ose même pas imaginer le dessous de mes yeux où la fatigue a dû s'incruster sur ma peau toute fine, accentuant le violet habituel de mes cernes.

L'examen esthétique d'une partie de mon corps me décourage et sans aucun regret, je renonce à le poursuivre. Aussitôt, mon regard s'envole vers l'horloge qui, insensible et imperturbable, continue son mouvement cadencé.

Quelque chose m'attire en elle, mais je ne sais pas quoi exactement. Hypnotisée par le mécanisme inlassable et régulier de la trotteuse, une image surgit soudainement dans ma tête. De peur qu'elle s'en aille, je ferme les paupières et me concentre sur ce souvenir fulgurant. Une scène époustouflante, irréaliste, explose dans ma mémoire. J'ai l'impression de partir dans un autre espace-temps, une autre dimension où je me souviens d'avoir déjà observé cette chambre et aperçu cette intrigante pendule.

L'atmosphère est voilée mais je distingue les appareils où je suis reliée. C'est invraisemblable. Je suis au dessus-de mon corps et je me vois, allongée, immobile, les yeux fermés. Le docteur en blouse blanche et Karine l'infirmière sont aux pieds de mon lit, occupés à me soigner, à me surveiller. Je peux même deviner ce qu'ils pensent, bien avant d'entendre un son de leur bouche. Phénomène encore plus étrange, je suis comme en apesanteur, légère et pouvant me déplacer sans difficulté d'un bout à l'autre de la pièce, passant et repassant devant l'horloge du temps terrestre, indifférente à cet instant à ses messages.

Mes souvenirs se précisent, je me vois m'élever beaucoup plus haut, hors de cet hôpital et voler comme un oiseau. Je ressemble à une forme vaporeuse mais sans ce véhicule physique fait de chair et d'os qui souffre en bas, au fond de sa couche.

Ma conscience en éveil, d'autres images énigmatiques défilent. Je suis dans un pré au bord d'une rivière enchanteresse, puis dans les bras caressants d'un danseur masqué, au timbre de voix à la fois familier et mystérieux. J'entends le bruit continu de la pluie tandis qu'apparaît un couple étrange et déguisé, que je sens chargé d'émotions. S'ensuit alors pour moi une chute interminable dans ce qu'il me semble être les tréfonds de la Terre. Jusqu'à ce que j'aperçoive cette indéfinissable lumière, jusqu'à ce que je ressente une joie incandescente.

Parmi ces souvenirs, les immenses yeux bleus de Noah aux iris étincelants réapparaissent et sa voix infantile m'interpelle.

— Éveille-toi, maman, éveille-toi, Noah y veut coloier...

Sur le champ, ses doigts effleurent ma joue. La douceur et la tendresse de ses gestes me secouent, quand une essence subtile et évidente effleure mes narines.

Troublée, j'ouvre les yeux. Toujours enveloppée du parfum des roses, j'aperçois alors une figure féminine penchée sur moi. Mon cerveau l'identifie immédiatement, déclenchant l'accélération de mes battements cardiaques. Je la dévore du regard, reconnaissant les moindres traits de son visage. Son front délicat, souligné de ses deux sourcils blonds savamment épilés, ses yeux doux et luisants, son nez fin et légèrement retroussé, ses lèvres pâles et son menton frémissant. Pas une trace de cosmétiques, pas de fard à paupières, pas de mascara ni de gloss sur les lèvres. Ces artifices que ma mère affectionne particulièrement en temps ordinaire. Mais rien n'est ordinaire depuis plusieurs jours, rien n'est habituel. Certainement très affectée elle aussi par les récents événements, ma chère maman ne cesse de caresser tendrement l'une de mes joues. Elle peine à retenir des larmes que je vois perler au coin de ses yeux gris.

Je finis par craquer.

— Maman ! lancé-je d'une voix éraillée en m'abandonnant totalement au bonheur de ces retrouvailles. Je l'entoure alors de mes bras amaigris et sanglote comme une petite fille.

Durant un court instant, des pleurs abondants et délicieux comblent le silence environnant. Jusqu'au moment où je perçois une autre présence effacée à la respiration discrète. Près de la porte de la chambre, mon père nous observe. Attendri, il verse des larmes silencieuses, renifle avec retenue et frotte son nez humide avec un mouchoir en papier. Revêtu d'un fin tablier blanc de protection couvrant ses bras et le devant de son corps massif, il ne dit mot, attendant de pouvoir s'avancer près du lit. D'un geste simultané, ma mère et moi-même lui tendons une main.

Mon père s'avance d'un pas calculé, craintif. Son émotion est palpable et m'affecte énormément. Si la situation dans laquelle je me trouve m'effraie, je ne peux m'empêcher de penser à l'angoisse vécue par mes parents. On ne sort pas toujours indemne d'un coma artificiel, si tant est qu'on en sort. Ils ont dû vivre tous deux des heures horribles !

Ma tendre maman, à l'allure aussi fantomatique que son mari, s'écarte légèrement pour me permettre d'étreindre mon paternel. Je lis toute la souffrance de ce dernier sur son visage terne et creux et remarque de grands cernes noirs ourlant ses yeux rouges.

— On est si heureux que tu soies revenue parmi nous, Ambre, nous avons eu tellement peur après ton accident. Tu ne souffres pas trop ? Je vois ton bandage sur la tête et ta mine toute palote…

Je souris en reconnaissant bien là mon père. Toujours à m'entourer, me protéger et ce, depuis ma plus tendre enfance.

— Je ne ressens pas grand-chose physiquement pour le moment, certainement médicamentée pour qu'il en soit ainsi mais je suis très ankylosée et affaiblie. La position allongée, le manque d'exercices forcément, la fonte de mes muscles, j'ai la sensation d'être une marionnette au bout d'un tas de fils. Pas facile pour le personnel de me sortir de du lit et de me mettre debout ! Je n'ai aucune résistance et la tête me tourne très vite. Mais le programme d'une remise sur pieds va très prochainement démarrer.

— Oui, répond ma mère, nous venons d'avoir un entretien avec le docteur François et nous sommes au courant pour la suite des soins. Il nous a précisé qu'il passerait dans une petite heure pour te saluer avant ton transfert demain. Tu sais, nous avons d'ailleurs toujours été informés de ton état car nous sommes venus te voir tous les jours. Tu as tout le temps eu quelqu'un près de toi, ma chérie, proches ou amis, nous avons été présents. Mais tu as peut-être reconnu des voix, celle de ton père, la mienne ?

— Non, maman, pas vos voix, mais celle de Noah... Pourtant je sais qu'il n'est pas venu ici.

— Tu as raison, il n'est pas venu. Mais tu l'as tellement souhaité que tu l'as certainement rêvé. D'ailleurs, je dois te remettre un cadeau de la part de ton petit... ajoute ma mère qui se lève pour attraper une feuille pliée en quatre dans son sac à main posé sur le bureau de la chambre.

— Un cadeau ?

D'un seul coup, toutes mes pensées partent vers mon fils. J'ai tant besoin de le serrer contre moi, de l'embrasser... Je saisis fébrilement le présent inestimable de mon enfant et l'ouvre. Un grand soleil jaune entouré d'une multitude de gommettes rouges en forme de cœur me font ni plus ni moins chavirer.

Les bras vigoureux de mon père m'étreignent. Sa voix, fidèle à son habitude, se fait tendre à mes oreilles.

— Allons, allons, il te faut de la patience, ma chérie, et je suis sûr que dans deux ou trois jours, tu pourras embrasser ton petit bonhomme.

Je suis tellement bouleversée que je reste accrochée au cou de mon père, comme à une bouée de sauvetage. L'atmosphère se charge de silence. On ne parle plus, cherchant chacun dans son coin à surmonter cette nouvelle vague d'émois. De nouveau, mes questionnements désordonnés reviennent en force tambouriner derrière mon front. Ce n'est pas un hématome qui me fait souffrir, c'est le fait que mon cerveau a oublié tant de choses. Poussée par une force incontrôlable, je laisse échapper un flot de paroles éraillées, une avalanche d'interrogations.

— Papa, maman, j'ai besoin de vous, j'ai besoin de votre aide pour me sortir de la caverne où je suis. De ce lieu où l'on m'a poussée. Pourquoi m'a-t-on agressée d'abord, pour me voler ? Et voler quoi ? Si je me réfère aux explications du docteur... François ? Oui, François, je marchais dans la rue. Dans ma rue. Je rentrais chez moi. Mais c'est où chez moi ? Ah oui. À Bordeaux, on habite Bordeaux. Et j'arrivais d'où ?... Je travaille ? Je sortais du travail ? J'ai des collègues, des amis ? Et le père de Noah, où est-il, pourquoi se dérobe-t-il à ma mémoire, pourquoi je n'arrive pas à visualiser son visage ? Il existe bien tout de même !

Désemparés, Nicolas et Marylène ravalent leur salive, malgré la mise en garde du docteur François au sujet des possibles conséquences d'une sortie de coma. Certains souvenirs de l'existence peuvent disparaître définitivement, d'autres réapparaître en partie ou bien être carrément imaginés. Mais ils connaissent l'importance de leur intervention pour aider au mieux leur fille à rétablir tous les liens de connexion avec son histoire.

Se raclant la gorge, mon père entame la délicate discussion.

— Si je prononce le prénom de Jérémy, cela déclenche-t-il quelque chose en toi ?

Concentrée, je fronce les sourcils et cherche dans ma tête.

— Si je te dis que tu l'as rencontré il y a deux ans dans l'agence immobilière où tu travailles à Bordeaux et qu'il est reporter de voyage, ajoute lentement ma mère.

Toujours aussi concentrée, je reste muette et m'efforce de dessiner les traits de ce Jérémy qui demeure obstinément dans l'ombre.

— Et le prénom de Florence qui est celui de sa mère et qui habite à Anglet, est-ce que cela t'éveille un souvenir ? poursuit mon père.

— ...

— Si je te parle de son grand frère Bastien qui, lui, vit aux États-Unis à San Francisco, qui est neurologue et malheureusement paraplégique… complète ma mère.

— Paraplégique ? m'exclamé-je soudainement avec une voix enrouée.

— Oui, paralysé des membres inférieurs suite à un accident de ski alors qu'il avait vingt ans, renchérit la douce voix de ma maman. Jérémy était présent le jour de sa chute et il t'a tout raconté en juillet dernier, lorsque vous êtes partis avec Noah à Anglet chez Florence… Là où tu as rencontré pour la première fois Bastien...

— Oui… dis-je, je me rappelle d'une sensation de surprise et d'un homme dans un fauteuil roulant…

L'apparition soudaine du docteur François me stoppe dans mon difficile travail de mémorisation. Cette fois, le grand homme apparaît à visage entièrement découvert, dévoilant un nez fin et des lèvres étroites au sourire bienveillant. Son front, au-dessus de ses sourcils grisonnants, accuse quelques rides et la couleur poivre et sel de sa chevelure bouclée m'incitent à penser qu'il doit avoir une soixantaine d'années.

Après quelques échanges courtois, le docteur s'informe avec soin de mon état.

— Alors, Ambre, je sais que votre réveil ne date que d'hier, mais avez-vous l'impression de progresser au niveau de votre mémoire, retrouvez-vous des souvenirs, des sensations, des repères ?

— Oui, affirmé-je, après avoir visualisé mon fils, j'ai distingué la physionomie de mes parents... mais je ne suis pas allée plus loin. Par contre, je me rappelle... enfin, j'ai des images bizarres qui me reviennent.

— Comme si vous aviez rêvé ? questionne le docteur François.

— Rêvé ? Oui... et non.

Je vois alors six iris s'écarquiller et trois visages exprimer l'étonnement.

Me raclant la gorge, je me demande si je ne vais pas passer pour une folle à leur raconter une partie de mes souvenirs, alors que j'étais plongée dans le coma, les yeux parfaitement scellés.

— Je vous ai déjà vu, docteur, vous savez.

— Naturellement, Ambre, vous m'avez vu quand vous vous êtes réveillée...

— Non... avant... avancé-je prudemment.

— Avant ? s'exclame-t-il, surpris.

Mes parents, muets et aussi stupéfaits, attendent fébrilement mes explications.

— Je sais, c'est vraiment difficile à croire, mais je vous ai vu dans cette chambre, avec Karine, l'infirmière, tous deux penchés au-dessus de moi… Et je me suis reconnue également, branchée à des tuyaux, étendue sur le lit, les yeux clos.

— Vous mélangez certainement le rêve et la réalité, avance le docteur François, tout en affichant une mine songeuse.

— Pas du tout, affirmé-je, je ne mélange rien du tout. Et pour vous le prouver, je peux même vous spécifier qu'au sommet de votre crâne, vous avez une petite cicatrice qui doit faire entre deux et trois centimètres de long… Vous savez, ajouté-je, vous n'avez pas toujours porté le bonnet sur votre tête quand vous êtes venu me rendre visite !

Un silence embarrassant baigne la pièce. Interloqué, le docteur François porte mécaniquement son index droit sur le sommet de son crâne. Il sait pertinemment qu'il va sentir cette discrète renflure, cette indélébile cicatrice, cet ineffaçable souvenir d'une spectaculaire chute de vélo datant d'une bonne dizaine d'années maintenant.

Chapitre 16

La sortie du tunnel

— C'est tout bonnement impressionnant ! lâche le docteur François, mais c'est vrai qu'au cours de ma carrière, j'ai entendu des récits de voyages très troublants que vivent certains patients durant leur coma. Des expériences que nous, hommes de sciences, sommes incapables d'expliquer. Mais le coup de ma cicatrice au-dessus de mon crâne, là, Ambre, vous me scotchez ! Elle est vraiment réelle, appuie le docteur en baissant sa tête vers nous et écartant ses fines boucles grises. Cycliste amateur, j'ai fait, il y a dix ans, une magistrale pirouette au-dessus de mon vélo. J'ai vu trente-six chandelles, comme on dit, et j'ai hérité de cinq points de suture.

— J'ai lu aussi plusieurs témoignages à ce sujet, ajoute mon père, après avoir constaté les faits énoncés. Des souvenirs étranges de voyages hors du commun qui dépassent notre faculté de compréhension.

— Tu parles du livre de Raymond Moody[5], « La vie après la vie » qui se trouve chez nous sur l'étagère de la bibliothèque ? interroge ma mère.

— De celui-là, oui, d'autres aussi et de certaines émissions télévisées…

— Vous voyez, dis-je d'une voix éraillée, ce ne sont pas des hallucinations.

— On vous croit, Ambre, et je pense que ce que vous avez vécu est la conséquence de quelques heures très critiques. Deux grandes journées où on a bien cru vous perdre. Vous vous êtes enfoncée plus profondément dans le coma sans aucune explication médicale. Mais l'important, c'est aujourd'hui, n'est-ce-pas ?

Ma mère me caresse alors tendrement la main.

— Oui, renchérit-elle, l'important, c'est maintenant. Ici et maintenant. Mais tu as besoin de repos, je crois, me voyant émettre discrètement un bâillement.

— Pour ma part, enchaîne le docteur, je dois continuer mes visites. Je vous souhaite une bonne continuation, Ambre, et vous laisse en douce compagnie.

Un salut courtois et l'homme à la cicatrice dévoilée retourne à ses occupations.

— Nous aussi, murmure mon père, on va rentrer car le sommeil te gagne. Tu as besoin de dormir. Et tu peux compter sur nous pour revenir demain, dans

5   Docteur en philosophie et médecin américain. Livre publié en 1975 retraçant des Expériences de Mort Imminente.

une autre chambre certainement plus sympathique que celle-ci.

— Encore quelques minutes, s'il vous plaît, je voudrais juste reprendre nos échanges de tout à l'heure, quand vous m'avez parlé de Bastien, vous pouvez me rappeler la situation ?

Une nouvelle fois, la description de mes proches est évoquée, enrichie de détails. Puis arrive l'épisode de mon agression. Mes parents racontent, distillant leurs mots, avançant prudemment sur le déroulé de cette scène dramatique. Je perçois sans difficulté leurs hésitations, désireux de me ménager, face à mon récent réveil et à ma faiblesse. Néanmoins, toutes ces informations complémentaires et immanquablement incomplètes me boostent. J'ai grand espoir que dans les heures à venir, un mot, un lieu, la description d'un visage, une anecdote, n'importe quoi, créent enfin des étincelles dans mes cellules embrumées, me procurant des "feed-back" sur mon récent passé.

Ce qui finit par se produire. Dès le lendemain, dans mon nouveau cadre de vie où j'apprécie grandement de revoir la lumière naturelle du jour pénétrer par la fenêtre de ma chambre, la famille Duplessis au complet se présente sur mon écran intérieur. Leur histoire se construit comme une pièce de théâtre. Toutefois, plusieurs actes désordonnés se jouent, les acteurs oublient leur texte ou se trompent carrément de copies. Puis, avec patience, le metteur en scène se reprend, recadre les personnages, leur rôle, leur costume. Jérémy, Bastien, Florence, Adrien...

Chacun reprend place dans ma vie. Une position, une existence humaine accompagnées de souvenirs joyeux mais aussi bouleversants.

Les scènes difficiles précédant mon dramatique accident se bousculent dans ma mémoire. Le stupéfiant coup de fil de Benjamin, le collègue de travail de Jérémy, explose telle une bombe à mes oreilles. Tout comme cette angoisse vécue durant plus d'une semaine sans aucune nouvelle de mon compagnon.

Je me souviens de cette folle terreur qui s'est emparée de moi, à ne pas savoir où il était, à ne pas savoir ce qu'il lui était arrivé. À penser au pire.

Je me souviens des recherches effectuées par la gendarmerie, celles menées par mes parents, par Florence, la mère de Jérémy.

Je me souviens du soutien de Maria, de Rémy, mes collègues de travail, celui des voisins. De Bastien, le frère de Jérémy, qui se morfondait à des milliers de kilomètres de nous.

Je revois ce bar, quai des Salinières, les copains qui n'ont pu nous renseigner. Le doute qui s'est installé en moi en apprenant l'existence d'une certaine Éva... Puis c'est le trou noir, la disparition dans un univers totalement inconnu.

À ce moment précis de ma reconnexion où les pièces du puzzle s'emboîtent les unes après les autres, je sens une peur incontrôlable s'insinuer dans toutes mes cellules. Une panique épouvantable me submerge à la seule pensée que mon compagnon soit mort. Le stress est immense quand je reçois la visite de mes parents. Devant ma mine accablée, les explications ne se font pas attendre.

— Avant de tout expliquer, Ambre, il y a une chose extrêmement importante que l'on doit te dire, insiste ma mère.

De l'appréhension monte en moi, mais elle s'arrête instantanément. Mon père pose une main rassurante sur mon bras et enchaîne de sa voix suave :

— Pas d'affolement, Ambre, c'est une bonne nouvelle, une très bonne nouvelle.

— Oui, renchérit ma mère, car ton accident, figure-toi, nous a permis de retrouver Jérémy. Et vivant.

Un immense sentiment de bonheur me submerge. L'émotion est grande, ma vision se trouble, ma poitrine se soulève. Je ne peux retenir des larmes de joie.

Émus, mes parents attendent patiemment que je reprenne un peu mes esprits.

— Vous pouvez m'expliquer ? imploré-je, après avoir repris mon souffle.

— Vas-y, Nicolas, invite ma mère, raconte-lui comment on l'a retrouvé.

Mon père se racle la gorge. Comme à son habitude.

— Bien. Donc, je reviens à ton accident, à ton agression.

C'était donc le lundi quinze février. Pour gérer au mieux l'angoisse qui nous habitait tous à ne pas savoir où se trouvait Jérémy, toi, tu profitais de l'air plutôt frais de ce mois de février pour t'oxygéner. Bien emmitouflée, un bonnet sur la tête et les mains dans les poches, tu es allée marcher. Cet après-midi-là, tu étais partie à pied jusque vers la place de la Victoire pour gagner l'agence immobilière où tu travailles. Mais pas pour y bosser, dans ton état, ce n'était absolument pas possible. Ton but était de te ressourcer un moment auprès de ton amie et collègue Maria. Cette charmante personne qui t'a rendue visite pratiquement tous les soirs durant ton séjour en réanimation. Mais je pense que tu n'en as aucun souvenir ?

Je secoue la tête négativement.

— Ce n'est pas grave, dit mon père, je vais continuer mon récit. Ce soir là donc, il devait être dix-huit heures, tu étais sur le chemin du retour. Arrivée dans ta rue, peu fréquentée à cette heure-ci et dans la pénombre puisque la nuit était tombée, quelqu'un t'a soudainement attrapée par surprise et t'a vraiment malmenée. Nous le savons car il y a eu un témoin. Un cycliste qui arrivait en face et qui a vu débouler derrière toi une femme en furie.

J'ouvre de grands yeux étonnés.

— Oui, une femme, Ambre, et puis tout s'est très vite passé. L'homme sur son vélo a crié d'une voix forte pour essayer d'arrêter l'offensive, mais sans succès. Alors il est carrément descendu de sa bicyclette pour te porter secours. Il devait être à une quinzaine de mètres du lieu où cela s'est produit et cet homme d'une quarantaine d'années, d'allure sportive, comme on a pu le constater très vite après, n'a pas mis longtemps pour s'approcher de la scène. Se voyant menacée, de rage, la diablesse t'a alors poussée violemment en te déstabilisant d'un croche-pied. Et là, tu es tombée comme une masse, cognant durement ta tête sur le trottoir.

— On a eu beaucoup de chance, ajoute ma mère, que ce cycliste soit passé dans la rue au même instant. Te voyant inconsciente et avec du sang sur le cuir chevelu, il a immédiatement appelé les secours.

— J'étais loin de l'appartement ? questionné-je.

— Tu venais juste de t'engager dans la rue et tu avais encore une vingtaine de mètres à parcourir, répond mon père.

— Et de l'appartement personne n'a rien entendu, car je me souviens qu'il y avait Florence pour garder Noah l'après-midi et puis vous qui deviez arriver en début de soirée ?

— Nous étions déjà à l'appartement, répond maman, quand on a perçu des éclats de voix. Mais comme cela s'est déjà produit auparavant, on ne s'est pas de suite inquiétés.

— Sauf quand nous avons identifié un démarrage en trombe d'un véhicule, des crissements de pneus, suivis d'un énorme bruit de tôle.

— Ton père a ouvert la fenêtre de la cuisine et a vu au bout de la rue un grand remue-ménage. Des habitants du quartier couraient déjà pour rejoindre l'attroupement et captant quelques exclamations par ci, par là, il a entendu prononcer ton prénom. Affolés, nous n'avons jamais fait aussi vite pour passer du premier étage au rez-de-chaussée de ton immeuble et pour parcourir les quelques mètres jusqu'à l'endroit où tu étais allongée, immobile.

— Vous et Florence, vous avez dû être terrifiés, lancé-je, bouleversée moi aussi en écoutant les propos de mes parents. Mais cette femme qui m'a attaquée alors, qui est-elle ?

— Cette cinglée, reprend mon père d'un ton furieux, n'est ni plus ni moins que cette fameuse Éva dont on a entendu parler dans le bar « des copains. »

— Elle n'était pas dans son état normal quand elle t'a agressée, ajoute ma mère, désireuse de tempérer l'ardeur si peu habituelle de son mari, et c'est elle qui a démarré comme un bolide. Sauf que la drogue et la conduite automobile, cela ne va pas du tout ensemble, précise Marylène.

— Même si elle n'était pas dans son état normal, elle a failli tuer notre fille ! s'exclame mon paternel, la mine courroucée. Et tout ça par jalousie ! ... Excuse-moi, Ambre, mais il y a des choses dures à avaler. Si je dis, par jalousie, c'est parce ce que ton sauveteur a entendu quelques granuleuses exclamations heurter la bouche venimeuse de cette Éva : « Mais tu vas nous laisser tranquille, dis, il n'en a rien à faire de toi, Jérémy, et moi seule peux m'en occuper ! ... » Voilà ce qu'elle hurlait en te tirant les cheveux et te tordant un bras.

Ce terrible récit d'un épisode de ma vie, absolument absent de ma mémoire, me consterne au plus haut point. Mais j'ai tellement hâte de savoir ce qu'il est advenu de mon compagnon que je sors rapidement de cet état d'affliction.

— Et Jérémy, alors, comment vous l'avez retrouvé ?

— Avec le concours de cette affreuse bonne femme, rajoute mon père, qui, dans sa fuite, a brûlé un stop situé non loin de ta rue. Et, tiens-toi bien, elle conduisait la Renault Mégane de Jérémy. Sa voiture que tout le monde a cherché pendant dix longues journées ! J'ai beaucoup de colère envers cette jeune femme, je l'admets, et il y a de quoi ! Mais sans elle, nous serions peut-être encore en train de chercher ton compagnon. Quoi qu'il en soit, nous avons déposé une plainte auprès des autorités.

— Comme tu le sais, poursuit ma mère, confirmant d'un mouvement de tête appuyé les dernières paroles de mon père, cette Éva l'a bien accroché dans le bar où il retrouvait régulièrement ses copains. Ton Jérémy est quelqu'un de très fragile psychologiquement et il a été une proie facile pour cette curieuse personne qui me semble plutôt déséquilibrée. Une névrosée et une droguée. Pendant plusieurs mois, elle l'a entraîné dans ses filets. Peut-être s'est-elle amourachée de ton compagnon, mais d'après ce que je sais, il n'y a pas de réciprocité. Malheureusement, Jérémy a fini par la suivre dans ses délires et dans ses voyages artificiels.

Suite à son accident de voiture, explique ma mère, Éva a été transportée à l'hôpital pour être soignée de quelques blessures légères, mais surtout sous bonne garde. Une fois dégrisée, elle est passée aux aveux, en insistant sur le fait qu'elle voulait juste te faire peur. Sauf qu'elle a fait preuve de violences physiques à ton encontre et qu'elle a mis ta vie en danger.

Dès le lendemain après-midi de ton agression, Jérémy a été retrouvé au fond d'un squat situé dans le quartier de Bacalan. Tu sais, vers l'ancienne zone portuaire de Bordeaux ?

— Et certainement dans un piteux état, dis-je, chavirée intérieurement.

— Oui, reprend mon père. Il était couché sur une paillasse sous d'horribles couvertures, nous ont expliqué les gendarmes, complètement engourdi, somnolent et respirant difficilement. Les secours ont été appelés dans la foulée et il a fallu plus de trois jours pour le sortir du bourbier où il s'est mis. Un bourbier qui porte le nom d'« héroïne »…

Bouleversée, je porte mes deux mains sur mon visage, secouée par des sanglots incontrôlables. Des pleurs de désolation mais aussi de soulagement.

Mes parents m'entourent avec beaucoup d'amour, laissant s'exprimer toutes ces émotions qui me traversent comme un torrent après de fortes pluies d'orage. Puis, je finis par me calmer, désireuse d'en savoir un peu plus encore au sujet de mon compagnon.

— Et il est où, Jérémy, maintenant, toujours à l'hôpital ou bien à l'appartement ?

— Il est à l'appartement, précise ma mère, et avec sa maman qui l'entoure attentivement. Quand j'y pense, vous vous êtes curieusement tous retrouvés à un moment donné dans le même centre hospitalier. Toi, Jérémy et cette Éva. C'est plutôt étrange... Bref, sinon, enchaîne-t-elle, reprenant le fil de l'échange, comme tu peux le deviner, le retour de ton compagnon a déclenché la joie de notre petit Noah. Il n'arrête pas de sauter comme un cabri dans toutes les pièces de la maison, sachant également qu'il ne va pas tarder à te rendre visite.

— D'ailleurs, en parlant de visites, ajoute mon père, la veille de ton réveil, Jérémy est passé te voir. Mais je sais que tu ne l'as pas vu ni entendu. Comme nous, comme Florence, comme Maria et Rémi de l'agence. Tu étais si profondément endormie ! Et plus que ça même, puisque tu as voyagé hors de ton corps...

Pendant quelques secondes, mon esprit repart dans cet espace étrange, dans cet extraordinaire univers baigné de lumière, de légèreté et d'amour. Une expérience tellement invraisemblable qu'elle me laisse rêveuse, avec la sensation inexplicable de ne plus être totalement la même personne qu'avant.

La voix de ma chère maman me ramène dans le réel. Je l'entends une nouvelle fois prononcer le prénom de mon compagnon.

— Tu sais, Jérémy s'en veut énormément et se sent entièrement responsable de ce qu'Éva t'a fait subir. Ce n'est pas un piège sentimental, comme il le répète sans cesse, mais uniquement son besoin de vivre autre chose, de s'éloigner de ses insurmontables problèmes de culpabilité, pour ne plus souffrir, pour se sentir tout puissant et heureux. Quoi qu'il en soit, ces lourdes substances sont un piège dangereux car tout y est illusoire, trompeur et l'on peut vite en devenir dépendant, au risque d'en perdre la vie.

Ce que Bastien ne cesse de rappeler à Jérémy d'ailleurs depuis sa sortie de l'hôpital. Ce grand frère qui s'inquiète tant pour lui depuis qu'il a disparu, puis pour toi, ensuite, téléphonant tous les jours, autant à ton domicile, chez nous, qu'au service de réanimation où tu étais encore il y a deux jours. En sa qualité de neurologue, il a principalement échangé avec le docteur François. Combien de fois nous a-t-il exprimé son désir de prendre le premier avion pour nous rejoindre ! Mais qu'aurait-il pu faire pour nous aider à retrouver Jérémy, et après, pour toi à l'hôpital, plongée dans le coma, de quel secours aurait-il pu être ?

Je soupire profondément. Découvrir tout ce pan de ma vie sans avoir la sensation de l'avoir réellement vécu, sans en avoir l'ombre d'un souvenir, me donne le vertige. Je vacille intérieurement à l'idée de perdre une partie de moi-même et de devoir y renoncer peut-être pour toujours.

Parcourue d'un frisson, mon regard s'arrête soudain sur les merveilleux dessins de mon fils qui m'accompagnent depuis mon changement de service. Aussitôt, un sentiment de réconfort me gagne. Ma douce maman, attentive à la moindre expression de mon visage, vient m'embrasser tendrement sur la joue.

— Je vois que ton attention s'arrête sur les œuvres de ton petit garçon et tu as bien raison car si ta mémoire te joue des tours, eh bien… laisse-là jouer toute seule pour l'instant et pense plutôt à ta journée de demain.

— Oui, tu as raison, maman, je vais revoir Noah et il me tarde vraiment de m'y préparer le mieux possible. Je n'ai pas envie qu'il voie une partie de mes cheveux rasés ainsi que mon visage terne et amaigri. Demain matin, le passage d'une esthéticienne va m'être d'un grand secours.

— Et moi, je t'ai apporté de quoi te changer et aussi un foulard pour recouvrir ta tête, comme tu me l'as demandé. Je suppose que le personnel va t'installer dans le fauteuil, là-bas, près de la fenêtre. Pour Noah, ce sera plus rassurant.

— Pour Noah et pour Jérémy aussi, ajoute joyeusement mon père, et tous deux ont grande hâte de venir t'embrasser. Comme Maria, Florence et toutes tes connaissances. Même Bastien qui envisage un voyage pour la France la semaine prochaine.

Mes yeux s'illuminent de bonheur.

Avant de partir, ma mère se penche une dernière fois vers moi pour m'embrasser et me serrer contre elle.

Tout à mon bonheur, je soupire d'aise. Au même moment, mes narines frémissent en accrochant des fragrances de rose.

— Dis-moi, il y a longtemps que tu utilises cette eau de parfum, celle qui rappelle l'arôme des roses de mamie Viviane, les fleurs du jardin de ta maman ? D'habitude, tu préfères des senteurs plus ambrés, des essences de vanille ou de santal ?

— Oui, tu as raison, mais pendant ta période d'inconscience, j'ai tant voulu me rapprocher de toi que j'ai utilisé cette fragrance, ce bouquet que tu affectionnes particulièrement. J'ai appris aussi par le docteur François l'importance de toutes ces effluves, celles bien sûr appréciées par la personne qui est dans le coma. Pareil pour certaines musiques...

— Et ça a marché, maman. Je ne t'ai pas vue mais j'ai senti.

Chapitre 17

Mardi 2 mars 2010 – La visite de Noah et Jérémy

Des coups discrets se font entendre à la porte. Impatiente, j'invite à entrer. Dans l'entrebâillement, le visage blême de Jérémy apparaît. Je tressaille en découvrant ses joues creuses et ce regard si affecté qu'il me lance. Il peine à sourire. Aussitôt, la voix joyeuse de Noah vient interrompre la tension intérieure de nos retrouvailles.

— Maman, maman ! s'exclame-t-il, lâchant la main de Jérémy et se précipitant dans ma direction.

Assise sur le fauteuil près de la fenêtre, je me suis préparée au mieux pour accueillir mon petit garçon. J'ai soigné ma tenue et me suis habillée d'un pantalon bien ceinturé à ma taille, devenue aussi fine que celle d'une guêpe et d'un pull léger. Il fait chaud dans ces chambres d'hôpital. Coiffée d'un bandeau sur la tête pour lui cacher mon crâne rasé et ayant fait confiance au pinceau et à la poudre dorée de l'esthéticienne pour lui offrir un visage le plus rassurant possible, j'ai paré mes lèvres d'un sourire câlin et ouvert grand mes bras en guise d'accueil.

Je suis faible pour le prendre sur mes genoux. Mais Jérémy le soulève aisément pour l'asseoir contre moi. De concert, nous lui ôtons son anorak de « neise », comme il dit, et sa belle écharpe bleue, tricotée par sa « mamie Foence. »

Mes yeux s'embrument. Pour cacher mon émotion, j'embrasse éperdument le visage tout rond de mon fils, son petit nez bien dessiné, ses joues roses et rebondies. Il rit. Un rire frais et joyeux qui m'apaise. Le bleu de ses iris illumine son regard. Puis il se blottit tendrement contre moi. Je suis si heureuse.

Durant ce laps de temps, Jérémy reste en retrait, laissant se dérouler cette douce communion entre une mère et son fils. Sa parka posée sur le lit, il s'approche alors de nous. Se penchant vers mon visage, il pose un timide baiser sur mes lèvres, puis un autre près de mon oreille. Jusque-là silencieux, autant lui que moi, encombrés chacun par notre propre histoire et affichant également une certaine réserve vis-à-vis de Noah, Jérémy finit par murmurer quelques mots.

— Je te demande pardon, Ambre, tout est de ma faute. Dire que j'ai failli te perdre !

— Moi aussi, tu sais, j'ai vraiment cru au pire.

— T'as mal à la « goge », maman ? demande Noah en relevant sa tête blottie sur ma poitrine.

Le son hachuré de ma voix l'interpelle.

— Oui, affirmé-je tendrement, mais rien de grave, cela va passer mon chéri.

Puis tournant son regard dans la chambre, il

remarque toutes ses œuvres scotchées au mur.

— T'as « gadé » tous mes dessins ? s'extasie-t-il en écarquillant ses deux grandes billes bleues.

— Bien sûr, mon cœur, et dès que je pourrai, on en fera tous les deux à la maison.

— Ouiii ! se réjouit-il, et on fera aussi du « coloiage. » Mais c'est quand que tu « eviens, » maman ?

— Bientôt, bientôt. Le temps de reprendre des forces. Tu vois, je suis un peu toute molle… Mais je te promets de bien manger et de faire du sport. Tu sais, pour avoir des muscles, comme ceux que tu as au niveau de tes jambes !

Mêlant le geste à la parole, j'appuie légèrement sur ses petits mollets ronds. Noah explose de rire.

— Et puis tu viendras avec « papa » pour vérifier si j'ai bien travaillé.

Noah est tout excité.

— Et aussi avec mamie « Maiène », papy « Nicoa » et mamie « Foence » énumère-t-il gaiement.

Jérémy et moi sourions devant son allégresse, désireux tous deux de l'éloigner au maximum des problèmes relationnels d'adultes aux comportements parfois imprévisibles, déroutants, voire dangereux.

Le temps de la visite s'écoule, léger, stimulant, revigorant. Interrompu parfois par les brefs silences mélancoliques de mon compagnon.

Ils repartent au bout d'une heure, Noah tournant en rond dans cette chambre d'hôpital.

Ayant signalé le départ de ma famille au personnel soignant du service où je me trouve, je bénéficie de suite de son intervention pour m'aider à me remettre dans le lit.

Il n'est que quatre heures de l'après-midi et je me sens disposée à fermer les yeux comme si la nuit était tombée, comme si je m'apprêtais à dormir jusqu'au lendemain matin. Peut-être pour ne pas trop penser, peut-être pour éviter de m'inquiéter pour Jérémy ? Je suis pourtant en joie de l'avoir revu debout sur ses deux jambes, mais si angoissée par son indescriptible désarroi qui fuse constamment à travers son regard. Heureusement, la présence tant désirée de mon petit m'a permis de ne pas m'effondrer, de ne pas craquer.

En l'espace de soixante-douze heures, j'ai pratiquement renoué avec toute mon existence. Exceptée l'histoire de mon agression. Totalement disparue de ma mémoire. Entièrement volatilisée. Si cette femme m'a parlé, j'aurais dû entendre sa voix railleuse, enregistrer ses paroles injurieuses. J'aurais pu l'identifier. J'aurais compris... pour Jérémy.

Le sommeil me gagne. Mes pensées deviennent floues, me projetant mollement vers ma journée de demain, vers mes séances de kiné. Puis vers les autres visites que j'attends. Maria, Florence, Bastien. Peut-être Rémy. Je vais revoir mon fils aussi. Et puis mes parents, et puis Jérémy...

Chapitre 18

Quelques jours plus tard

Maria pleure dans mes bras. Pourtant, elle s'est bien promis de ne pas craquer mais la tension accumulée depuis le soir de mon agression est trop forte. Trop dure à contrôler.

— "Madre de Dios", je suis si heureuse de pouvoir te serrer contre moi, de revoir tes deux billes rondes, lumineuses. Et le battement de tes paupières et ton sourire, et tout et tout, s'exclame Maria en tamponnant ses yeux larmoyants.

— Moi aussi cela me réjouit tout autant que toi, ces retrouvailles. Mais tu dois me trouver un peu changée, non ? lui dis-je avec une pointe d'humour.

— Tu es nettement mieux que lorsque tu étais dans le coma, immobile sur ton lit, les yeux fermés et tes tuyaux partout, renchérit Maria. Ceci-dit, tu aurais bien besoin de te remplumer un peu plus les joues. D'ailleurs, regarde ce que je t'ai apporté…

Mon adorable collègue et amie se dirige alors vers la porte d'entrée, là où elle a laissé une poche en plastique blanc. Je la suis du regard et remarque sa silhouette plus étirée, comme si, elle aussi, avait laissé quelques plumes depuis mon agression. Son pantalon noir en jean ne tire plus sur son postérieur comme j'en ai gardé l'image dans mes souvenirs.

— Tiens, j'espère que tu te régaleras.

Curieuse, je tire délicatement sur le ruban rouge enveloppant la petite boîte en carton. Des cannelés de Bordeaux, dorés et caramélisés à souhait. Aussitôt, je passe à la dégustation tout en invitant Maria à faire de même.

Après ce court et délicieux instant de pure gourmandise, nous reprenons notre bavardage coutumier, comme à l'heure de la pause déjeuner à l'agence. Mais aujourd'hui, notre échange amical se pare de gravité, de sensibilité, d'étonnement et d'inquiétude aussi.

L'histoire de Jérémy, la rude intervention d'Éva auprès de ma personne sont loin de nous tranquilliser. Pour ma part, je me questionne franchement sur l'avenir de mon couple, sur celui de mon compagnon, également. Depuis combien de temps fait-il usage de la drogue car j'avoue n'avoir rien remarqué à ce sujet ? Sauf cette frénésie de brûler cigarette sur cigarette. Peut-être s'est-il contenté d'abord de poudres douces, de comprimés ? Mais où en est-il de sa consommation d'héroïne, comment la prend-il et est-ce une toute première fois ?

Maria, absolument pas sereine, s'interroge pareillement.

— Pour ça, tu en sauras davantage quand tu pourras discuter en tête-à-tête avec lui, si tant est qu'il veuille bien se confier. Ce n'est pas au cours de ses visites, ici, que tu vas en apprendre plus et il ne vient pas seul, j'imagine. Noah l'accompagne, n'est-ce-pas ? Sinon, tu sais quand tu quittes l'hôpital ? Voilà bien huit jours que tu as émergé de tes ténèbres maintenant et moi, je te trouve plutôt bien.

— À entendre le corps médical, ma sortie est prévue pour la semaine prochaine. Ma récupération est rapide à leurs yeux, je suis de plus en plus autonome pour les gestes quotidiens et je progresse au niveau motricité. Je m'aventure même dans le couloir du service. À petits pas, certes. Quant à ma tête, heureusement mes fonctions cognitives ont subi peu de dégâts. Il n'en reste pas moins qu'une fois rentrée chez moi, je vais devoir continuer la rééducation physique et me conformer à un contrôle neuropsychologique. Même si mon traumatisme crânien est considéré comme léger, je peux en avoir des séquelles par la suite. Au niveau de ma mémoire, de ma concentration ou de mon comportement. Je ne suis pas prête à reprendre le travail, tu sais !

— Jésus, Marie, Joseph ! Mais tu crois que t'as pas autre chose à penser qu'à la boîte ! s'insurge Maria tout en me tapotant la main gentiment. Refais-toi d'abord une santé, pense à toi, à ton fils et à ton compagnon. Pour le reste, tu n'as pas à t'inquiéter, monsieur David s'est très bien organisé. D'ailleurs, il t'envoie toute sa sympathie et insiste sur le fait que tu dois t'occuper de toi et uniquement de toi. Et Rémy dit pareil ! enchaîne-t-elle.

Peinant à rester longtemps en position debout, je profite encore de l'assise confortable du fauteuil de repos. Mais ma posture n'empêche pas Maria de passer ses bras autour de mes épaules, désirant me réconforter et me communiquer toute son énergie.

— On a bien cru te perdre, tu sais, alors ta rééducation durera le temps qu'il faudra. Le plus important pour le moment, c'est toi, pas le travail.

Entourée de sa tendre affection, je ferme les yeux. Mon nez frémit en respirant son parfum. Cette légère note de patchouli, aux essences de bois, de terre, légèrement sucrée, puis celles florales, le jasmin, la fleur d'oranger... C'est son eau de parfum à Maria, qu'elle utilise autant l'hiver que l'été. Une évasion apaisante quand on se trouve dans son sillon.

— C'est bizarre, remarqué-je, autant j'ai senti le parfum de ma mère quand j'étais dans le coma, autant le tien n'est pas parvenu jusqu'à mes narines ! Pourtant, tu es bien venue me rendre visite régulièrement ?

— Oui, tous les soirs, je suis passée vers dix-huit heures. Assez paniquée au début et ne sachant que faire. J'avoue que c'était flippant de te voir sur ce lit et totalement inconsciente. Mais par la suite, je me suis sentie plus à l'aise, guidée et soutenue par le personnel soignant. Particulièrement par le médecin réanimateur qui s'est occupé de toi.

Je ne vois pas à cet instant le léger et sensible éclat passer dans les yeux de Maria qui s'attarde sur ses derniers mots.

— Tu vois de qui je veux parler ? me questionne-t-elle, intriguée peut-être par mon air absent.

— Pas exactement, non. Je me souviens particulièrement d'une infirmière rousse, prénommée Karine, de l'aide-soignante, Annie, et du docteur François. Le jeune médecin réanimateur, je l'ai entrevu quelquefois. Tout vêtu de bleu et d'une nature très réservée. Je ne sais même pas s'il m'a adressé la parole et son nom... eh bien, je ne m'en rappelle pas non plus.

— Remarque, avec tout ce que tu as traversé, il y a des choses qui t'ont marquée plus que d'autres ou que tu as un peu oubliées, ajoute-t-elle avec beaucoup de précaution, ne voulant pas me froisser au sujet de mes pertes de mémoire. Par contre, tu te rappelles très bien ton étrange expérience, celle vécue durant ton coma. Tes parents m'ont raconté mais, Jésus, Marie, Joseph !, elle est vraiment incroyable ton histoire, ce serait comme ça au paradis ?

J'échange un long moment avec ma sympathique collègue sur ce voyage stupéfiant effectué dans je ne sais quel univers. Serait-ce le paradis ? Je n'en ai aucune idée. J'aurais pu voir ma grand-mère Viviane ou d'autres défunts de ma connaissance, mais cela n'a pas été le cas. Ce qui est sûr, c'est un endroit merveilleux où la souffrance n'existe pas et où l'amour vous inonde. Pour Maria, il n'y a nul doute, nous possédons tous une âme et elle ne meurt jamais.

Tout en enfilant son manteau en laine de couleur rouge, mettant ses bouclettes noires en valeur, Maria s'apprête à rejoindre ses parents pour la pause café du dimanche. De mon côté, Florence et Noah ne vont pas tarder à me rendre visite.

La main sur la poignée de la porte de la chambre, elle se retourne pour m'adresser la parole une dernière fois.

Debout juste près d'elle, je vois ses grands yeux noirs étinceler et ses lèvres remarquablement dessinées m'offrir un sourire éclatant.

— Au fait, tu peux mettre dans un petit coin de ta tête que le médecin réanimateur qui s'est occupé de toi jusqu'à ton réveil, eh bien, il s'appelle Stéphane, Stéphane Meyrieu. Un homme discret et très attentionné… ajoute-t-elle en rosissant légèrement.

Aussitôt, elle ouvre joyeusement la porte et s'éloigne dans le couloir. Je reste là, figée, éblouie par ses derniers propos et la lueur fugitive qui perce son regard. Je n'ai rien oublié de son douloureux passé et des agissements éhontés de son odieux cousin Pablo. Mais juste à cet instant, une délicieuse bouffée d'espoir m'anime.

Chapitre 19

L'esprit torturé de Jérémy

Jeudi onze mars 2010. Noah fait la sieste tandis que ma mère se repose dans la chambre d'amis. Assis sur le canapé du salon, je me passe constamment une main dans les cheveux, les yeux dans le vide. Depuis hier, je me sens vraiment mal. La rencontre avec mon frère est programmée pour aujourd'hui et cet après-midi, je vais le chercher à l'aéroport de Mérignac. J'ai peur de ce moment. J'ai peur de croiser son regard, d'entendre ses premières paroles. Je me sens comme un gosse qui vient d'accomplir une énorme bêtise. Et le mot « bêtise » ne s'adapte franchement pas à la situation, je dirais plutôt que je merde au plus haut point, que je fais de lamentables conneries. Conneries qui auraient pu coûter la vie à Ambre. Et la mienne peut-être aussi, si je poursuis dans les délires d'Éva.

« Cela va te rendre plus fort ! m'a-t-elle dit, tu vas oublier tout ce qui te tracasse et tu n'auras plus besoin de ce monde pourri, ni de personne. Tu vas voir, on va être heureux ensemble. »

Mais qu'est-ce qui ne tourne pas rond chez moi pour avoir cru à son charabia, pour avoir osé me piquer et m'injecter cette foutue drogue ! Je suis loin d'être tout blanc car plus jeune j'ai fumé de l'herbe mais sans aucune régularité, sans aucune dépendance. Comme ça, pour le plaisir, pour faire comme les autres. Mais maintenant il n'y a aucune raison pour que je reprenne et surtout avec des substances dangereuses. Ambre et Noah ne me rendent pas malheureux, bon sang !

Bien au contraire !

Alors, c'est moi qui ai peur de moi-même, peur de mon ombre. Douter constamment de mes capacités, me culpabiliser de douter aussi... Tant qu'à faire ! C'est comme si une roue infernale tournait dans ma tête. Un moulinet impressionnant qui se grippe parfois, me procurant un peu de répit mais qui peut se remettre en marche de lui-même ou quand quelqu'un s'évertue à le refaire démarrer. Une mécanique subtile, bien entretenue depuis ma naissance qui ne met pas beaucoup de temps à reprendre son mouvement destructeur.

Mais là, tout va trop loin. Je vais trop loin et je mets la vie d'Ambre en danger. Comment ai-je pu être aussi stupide ? Ça déraille sérieux chez moi et je ne serais pas étonné de me faire remonter les bretelles par Bastien. Déjà que ma mère ne s'en prive pas depuis ma sortie de l'hôpital. Même si elle essaie de se rassurer au sujet de ma santé, je me rends bien compte de ses craintes.

Et tous deux ont raison, en plus. Ils ont mille fois raison et je ne peux leur en vouloir. Mais je ne sais par où commencer pour remonter la pente, pour arrêter définitivement ce combat intérieur. Si je continue ainsi, je vais finir par tout perdre. Ambre va se lasser, Ambre ne va plus m'aimer. Elle voudra protéger son fils aussi.

Et elle aura raison, forcément.

Quand elle sera là demain chez nous, quand nous nous retrouverons entre quatre yeux, comment vais-je lui expliquer tout ça et même si je lui dis « tout ça », va-t-elle me croire ?

Désespéré, les coudes sur les genoux, les deux mains sur mon visage, je pleure en silence.

Chapitre 20

Ambre est de retour

La veille de quitter l'hôpital, je reçois un appel de Bastien de l'aéroport de Paris, en attente de sa correspondance à destination de Bordeaux. S'excusant de son éloignement et de son indisponibilité, il m'assure néanmoins de ses appels journaliers au service de réanimation et de ses nombreux échanges avec le docteur François. Qui l'ont d'ailleurs plus d'une fois réconforté sur l'évolution de mon état. Mis à part ces deux fameux jours où sa tension est montée d'un cran, me précise-t-il.

Puis il enchaîne sur l'attitude de son frère, sur ses fréquentations douteuses et sur sa dangereuse descente vers l'abîme. « On dirait qu'il veut reproduire un vécu qui ne lui appartient pas, s'exclame-t-il, comme pour se punir d'avoir insisté il y a dix ans pour me faire chausser mes skis, alors que j'en avais moyennement envie ! »

Je ressens dans sa voix de la crainte, de la douleur face à son impuissance. Je ressens aussi un poids qui commence à peser sur ses épaules. Celui de vivre loin de la France, loin de sa famille.

Avant de raccrocher, nous prévoyons de nous rencontrer à son hôtel, choisi par Florence. Un établissement convenant aux handicapés, à mi-chemin entre l'aéroport et le centre-ville. L'accès à notre lieu de vie ne s'adapte pas aux personnes à mobilité réduite.

Je ne me fais aucun souci, je vais être encore bien entourée et Jérémy sera présent pour me véhiculer, ses déplacements professionnels étant remis à plus tard. Heureusement, depuis le début de son activité, il s'est organisé pour parer à d'hypothétiques arrêts de travail. Démarches indispensables quand on est travailleur indépendant. Aucun problème non plus pour son collègue et ami, Benjamin, ayant divers partenariats pour exercer son métier.

Mon retour est prévu pour le vendredi douze mars. Afin de nous laisser en famille, Florence décide de quitter l'appartement et réserve, dès le vendredi soir, une chambre dans le même hôtel que Bastien. Après cette lamentable histoire qui aurait pu se terminer en véritable tragédie, nous avons grand besoin de nous retrouver tous les trois et plus précisément tous les deux. Le tête-à-tête est inévitable et nécessaire.

Quand je pousse la porte de notre chez nous, Jérémy tout près de moi, je suis accueillie par des cris de joie. « C'est maman, c'est maman ! » Noah se jette alors tout contre moi, ronronnant comme un chaton bienheureux. Derrière lui, Marylène et Florence contemplent la scène, immobiles et muettes comme des carpes. Muettes et apparemment émues.

Aidée de mon compagnon, j'enlève mon trench de couleur marine qui tombe tristement sur mes épaules affaiblies et j'ôte mes mocassins noirs, vernis. Le foulard attaché en bandeau reste sur ma tête, considérant prématuré de le dénouer devant Noah sans lui donner quelques explications. Les pieds chaussés douillettement, je me dirige vers le salon.

Mon enfant s'empresse alors de me prendre la main pour me guider. « Je t'aide, maman ! » me dit-il d'une voix câline, tout en avançant fièrement dans ses chaussons de " Spiderman".

La douceur de cet accueil, le retour dans mon chez-moi, je me sens soudain très faible. Ma gorge se noue. Je redouble d'efforts pour ne pas fondre en larmes. *Cela aurait été gênant, moi qui me suis légèrement maquillé les sourcils et poudré mes joues pour leur redonner un peu d'éclat !*

Quelques minutes plus tard, installée sur notre confortable canapé en tissu, j'admire la dernière construction de mon fils. Un assemblage de « Lego » de formes et de couleurs différentes représentant, selon lui, un château fort. Trois figurines à l'extérieur de l'édifice jouent le rôle de vaillants chevaliers. Trois personnages représentant respectivement Noah, papa et maman.

Pendant ce délicieux moment de retrouvailles, Jérémy, assis non loin de Noah sur le tapis moelleux et bariolé du salon, se met dans la peau du courageux chevalier. Les deux mamies, très actives à la cuisine depuis un moment, finissent par nous rejoindre. Des effluves de jasmin les accompagnent mais aussi un énorme gâteau au chocolat, déjà dévoré des yeux par les vaillants seigneurs.

L'après-midi tire à sa fin. Florence va retrouver Bastien qui, malmené par les effets du décalage horaire, n'échange que peu de mots avec nous par vidéo. Nous prévoyons de lui rendre visite demain, samedi, après la sieste de Noah, tout excité à l'idée d'aller jouer avec tonton « Batien. »

Maria s'assure également de mon bon retour à la maison. Ma mère attend l'arrivée de mon père vers dix-neuf heures, après la fermeture de leur magasin. Il ne veut pas terminer sa journée sans venir m'embrasser. Puis mes parents rentreront chez eux et l'on se retrouvera tous les trois.

Jérémy couche le vaillant et jeune chevalier revêtu de son pyjama préféré. Cette fois, nous sommes dans la vallée des dinosaures, de l'encolure aux chevilles. Tout ce petit monde se prépare pour une nuit bien douce.

Et comment sera la mienne, comment sera la nôtre ? Comment vont se comporter les deux chevaliers restants, pourra-t-on parler de vaillance, de courage, vont-ils être « sans peur et sans reproches » ?

Le repas du soir débute sans bruit. J'observe discrètement mon compagnon, aussi pâle que sa chemise. Un teint jaunâtre, terne, encadre ses yeux clairs, abattus. Ils me rappellent la première fois où je les ai vus à l'agence. Soucieux, tristes.

Mais aujourd'hui, je sais pourquoi. Ses mains tremblent, il évite mon regard. Soudain, j'éprouve un grand sentiment de peine. Je le vois tellement malheureux, tellement embourbé dans son histoire ! Sans hésiter, j'entame la conversation.

— Qu'est-ce qu'il nous arrive, Jérémy, je ne comprends pas. Ai-je fait quelque chose de mal pour que tu t'éloignes de moi, pour que tu me mentes comme ça ? Tu as rencontré quelqu'un d'autre, cette fameuse Éva , n'est-ce-pas ? ajouté-je d'une voix craintive.

— Ce n'est pas ce que tu crois, me répond-il en saisissant vivement l'une de mes mains dans les siennes. J'ai bien croisé une personne, mais pas pour ce que tu imagines. Je n'ai jamais essayé de lui plaire, je n'ai jamais essayé de la charmer, ce n'est pas du tout ça.

— Mais quand elle m'a méchamment bousculée, elle a dit des choses te concernant — enfin ce qui m'a été rapporté car je ne me souviens de rien de ce moment précis — des choses qui laissent supposer une liaison entre vous deux. Et ce n'est pas le cas ?

— Je te jure que non. Elle le voulait peut-être, mais moi, non. De toute façon, cela n'enlève en rien ma responsabilité vis-à-vis de toi. Je sais que je t'ai menti, que je t'ai fait horriblement peur. Je sais que j'ai mis beaucoup de distance dans notre relation, pas parce que je n'éprouve plus rien pour toi, mais... parce que je suis... malade, je crois. Malade dans ma tête. J'ai aucune confiance en moi, Ambre, et je doute énormément de mes capacités. J'ai l'impression d'accumuler les conneries depuis fort longtemps.

— Et tu crois que la drogue va résoudre tous tes problèmes ?

Jérémy baisse les yeux. Sans lâcher ma main, il se mord les lèvres et plisse son front.

— Non, finit-il par lâcher. Non, ce n'est certainement pas le bon chemin. Ce que me répètent d'ailleurs sans cesse mon frère et ma mère. En plus, ajoute-t-il, je fais peur à tout le monde. À toi, surtout. Mais je te jure, c'est la première fois de ma vie que je touche à une seringue et teste cette satanée substance... Quand je pense à la réaction si violente de cette Éva... J'aurais pu te perdre... Je suis fou. Fou de douleur, fou de honte.

Jérémy abandonne ma main et se cache le visage dans les siennes. Il respire fort.

— Pardon, gémit-t-il, pardon, mais je vais me reprendre, je te le promets... Du moins, je vais essayer, ajoute-t-il, en me regardant droit dans les yeux.

Ma vue se trouble. Je baigne dans un immense lac, un gigantesque océan grisâtre qui va déborder d'une minute à l'autre.

Aussitôt, d'indicibles regrets m'inondent. La nostalgie d'un voyage, d'un lieu où il n'existe ni tourments, ni désolation. Mais je n'y suis plus dans cet endroit merveilleux et si j'en suis revenue, c'est que j'ai certainement des choses à faire, des choses à vivre ici, sur cette Terre. Ne serait-ce que tendre la main à mon compagnon si désespéré, ne serait-ce que pour mon amour de fils, pour ma famille, mes amis... et pour moi, tout bonnement.

Une nuit troublée s'ensuit. Tourmentés, nous discutons entre quelques phases de sommeil agité.

Le lendemain, un ciel gris et menaçant nous accompagne jusqu'à l'hôtel de Bastien. L'entrevue se passe dans le grand salon de l'établissement meublé de deux canapés fixes en cuir beige, de trois fauteuils du même revêtement et de trois tables basses, rondes et en bois clair. Le tout, placé judicieusement pour permettre une libre circulation. Noah est tout heureux de partager la conduite en fauteuil roulant, en compagnie du frère de Jérémy. Puis mon petit s'évade dans ses mondes imaginaires en ouvrant le cadeau de Bastien. Un repaire de pirates avec ses nombreuses figurines. Un "Playmobil" qui l'occupe durant une bonne heure.

Je remarque les traits tirés du visage de Bastien. Sûrement encore déstabilisé par le "jet lag"[6], sûrement contrarié par tous les événements que nous vivons dernièrement. Il s'enquiert de ma santé, de mon suivi en matière de rééducation, de mon moral. Puis il échange un peu avec Jérémy. Brièvement et discrètement pour ne pas troubler l'univers de Noah.

Nous sommes étonnés de ne pas voir Florence. Bastien nous explique qu'elle en a profité pour se rendre chez elle à Anglet. Elle rentrera demain dans la soirée. Quoi qu'il en soit, elle sait très bien que son fils aîné ne restera pas seul durant le week-end. Aujourd'hui, il profite de nous et demain, seul Jérémy viendra. Les deux frères ont grand besoin de se parler.

En ce qui me concerne, je n'aurais pas eu la force de faire deux fois le déplacement et je meurs d'envie de me retrouver seule avec mon fils. Sur un après-midi, cela ne sera pas trop long. Et puis j'ai tellement hâte de reprendre mes habitudes, même si mon rythme est ralenti, même si j'ai souvent besoin de me reposer.

---

6   Le syndrome du décalage horaire, suite à un voyage rapide à travers plusieurs fuseaux horaires.

Quand mon compagnon part rejoindre Bastien, je ressens immédiatement un agréable bien-être. Depuis nos échanges de vendredi soir, notre visite à son frère hier et tout ce par quoi je suis passée, je me sens fragile. Fragile et fatiguée. Heureusement, en plus des premiers rayons de soleil printaniers qui viennent éclairer le ciel bordelais en ce jour dominical, j'ai un magnifique astre qui brille dans toute la maison. Vers quinze heures, après la sieste de mon petit, j'envisage de descendre dans notre rue et de faire quelques pas en sa compagnie. Histoire de prendre l'air et de l'assurance aussi. Puis nous aurons encore un long moment à partager tous les deux. Un magnifique programme pour faire baisser toute la tension de ces derniers jours jusqu'au retour de Jérémy.

Lorsqu'il pousse la porte de l'appartement, je vois s'envoler en un rien de temps la sérénité et la quiétude parcimonieusement accumulée durant ces divines dernières heures.

— Qu'est-ce qu'il se passe, Jérémy, tu es livide ?

Aussitôt, il me prend dans ses bras et me serre longuement.

D'une voix ébranlée, il finit par me répondre.

— J'ai vu mon père.

Chapitre 21

Jérémy et Adrien

Quand j'arrive sur le parking de l'hôtel, mon frère m'attend près de la rampe d'accès. Sans doute a-t-il envie de prendre l'air et de profiter du soleil timide mais agréable de ce mois de mars ! Facilement repérable avec son fauteuil mobile, il a choisi en plus de se vêtir d'un élégant pull rouge à col camionneur, certainement d'une excellente qualité, connaissant les goûts raffinés de mon frangin. Remarquable, comme à l'accoutumée.

L'entrevue va se passer à l'extérieur..., pensé-je, observant déjà quelques clients attablés sur la terrasse située devant l'entrée, une tasse de café à la main.

Mais non.

Mon frère souhaite se rendre dans sa chambre. Déjà, en l'embrassant, je remarque son regard légèrement embarrassé. Mais pas sa voix, semblable à son ordinaire. Grave, posée et d'une extrême assurance. Je l'interroge.

— Tu n'es pas bien, Bastien, il fait beau pourtant, on pourrait rester à l'extérieur ?

— Tout est OK, rassure-toi, mais je voudrais que tu m'accompagnes d'abord jusqu'à ma petite demeure. Elle est au rez-de-chaussée, pas loin d'ici.

Tout en poussant son fauteuil sur la rampe d'accès, je comprends avec une certaine appréhension que le moment de la confrontation arrive. Mon frère, le médecin spécialiste et moi-même.

— Tu sais, poursuit-il, nous n'avons pas pu échanger beaucoup depuis mon arrivée à Bordeaux jeudi dernier. Je n'étais pas frais d'abord, puis le lendemain, tu es allé chercher Ambre à l'hôpital et ensuite vous êtes venus avec Noah hier me rendre visite.

— Et tu repars quand ? lui demandé-je, désireux de retarder une conversation épineuse.

— Demain soir pour Genève. J'ai des rendez-vous mardi avec plusieurs chercheurs en neurochirurgie.

Impossible de repousser quoi que ce soit, donc. Lundi, je m'occupe de Noah et d'Ambre qui continue sa rééducation physique.

Toujours pris dans ma spirale de fuite, j'essaie de me raisonner en parcourant le couloir qui mène à la chambre de Bastien. *Il vient pour m'aider, c'est ce qui doit compter à mes yeux.*

Tout en introduisant sa carte-clef dans le lecteur de la porte de chambre, Bastien m'adresse une nouvelle fois la parole.

— Je dois te prévenir, Jérémy, quelqu'un nous attend à l'intérieur.

— Maman est déjà rentrée ?

— Non, pas exactement.

Décontenancé, je suis mon frère et pénètre dans la pièce. Face à la fenêtre, un homme, les mains dans les poches, nous tourne le dos. Je pousse machinalement la porte derrière moi, juste le temps de capter une voix familière et vacillante qui me paralyse. Celle de mon père. Adrien Duplessis.

— Bonjour Jérémy, murmure-t-il en se retournant.

Je ne réponds rien, mes mâchoires nerveusement contractées, comme prises dans du béton. Des lances acérées s'échappent de mon regard. Je serre les dents, incapable de faire fonctionner mon cerveau.

Bastien n'intervient pas.

Mon père enchaîne d'une voix mal assurée.

— Je comprends ton étonnement, tu sais, et je voudrais que tu n'en veuilles pas à ton frère. Ma venue aujourd'hui est uniquement à mon initiative. Des événements préoccupants se sont passés ces derniers jours, des choses qui te concernent et qui concernent ta nouvelle famille. Je crois qu'il est temps pour moi de me manifester. Bien avant que cette situation ne se produise, je me suis confronté à un bon nombre de questions. Des interrogations que je cherche désespérément à ignorer. Tout va bien quand on arrive à les refouler au fond de soi, quand on ne veut pas voir qui on est réellement, quel est le

véritable impact de nos pensées, de nos agissements !
Mais depuis plusieurs mois, je réalise qui je suis, qui
j'ai été surtout, et certainement pas un bon père pour
toi, Jérémy.

Adrien suspend un court instant sa loquacité. Le
regard éteint, complètement perdu dans son univers
intérieur, ses lèvres frémissent. Comme si la suite de
sa rhétorique rencontrait un mur infranchissable,
comme si une énorme vague, digne d'un tsunami,
allait finir par l'engloutir, par le noyer et l'entraîner
dans la noirceur des profondeurs.

Le silence règne dans la pièce. Durant ce temps
suspendu, j'observe l'être qui me fait face. Il n'a plus
rien à voir avec l'homme que j'ai connu. Je ne parle
pas des années qui s'écoulent sur la peau de son
visage, beaucoup moins souple et marquée de fines
ridules, je ne parle pas non plus de la couleur de ses
cheveux, naguère d'un blond doré et qui maintenant
se pare de reflets gris, mais de son allure en général.
Autrefois, mon père était fier de s'appeler monsieur
Duplessis, fier et sûr de lui, se mouvant dans un corps
athlétique, s'adressant à son entourage d'une manière
souvent hautaine, électrisant de son regard dur tous
ceux qui le dérangeaient. En l'occurrence, moi.

Aujourd'hui, il n'est plus le même. Son dos semble
voûté, sa prestance a disparu, même revêtu d'un
costume deux pièces de couleur foncée, de marque,
naturellement, d'une cravate sombre et d'une chemise
blanche.

Il a beaucoup changé. Jamais il n'a raisonné ainsi, jamais il n'a parlé avec autant d'humilité, avec un désir évident de se remettre en question au sujet de son comportement envers moi-même, comme s'il voulait rattraper tout le mal qu'il m'a fait, ou du moins, s'en excuser. *Que s'est-il passé pour qu'il arrive à descendre autant de son piédestal ? Je vois qu'il peine à s'exprimer cependant. Mais, moi, je ne peux effacer en un clin d'œil tout ces douloureux souvenirs ! Psychologiquement, il m'a carrément détruit et je lui en veux à mourir.*

Mon père s'éclaircit alors la gorge et nous dévoile le but de sa venue.

— Je crois que le temps est venu pour moi de te demander pardon, mon fils, pardon pour tout ce je t'ai fait endurer depuis pratiquement ton plus jeune âge. Et pour ce qui est de l'accident de Bastien, j'ai commis une monumentale erreur en te rendant responsable de sa chute. Comme si c'était toi qui avais guidé ses skis sur la neige !

Je ne sais pas si mes excuses vont suffire, mais je voudrais tant qu'elles t'aident à te reprendre, qu'elles t'empêchent de t'enfoncer dans l'addiction. Tu as une femme et un bel enfant, aussi. Je suis sûr qu'ils comptent à tes yeux.

Toujours sans dire quoi que ce soit, je sens les traits de mon visage s'adoucir légèrement tandis qu'à l'intérieur de moi, l'épouvantable colère continue frénétiquement de me brûler.

Quand mon père a exprimé timidement son souhait futur de faire la connaissance d'Ambre et de son « petit-fils », j'ai failli hurler. Mais je suis resté muet.

Seule une horrible voix retentit dans ma tête. *C'est trop facile, Adrien Duplessis, tu n'effaceras pas tout parce que tu t'es excusé. Et puis d'ailleurs, tu n'as aucun droit sur Noah car il n'est pas ton petit-fils !*

La tempête ne cesse de mugir dans tous les recoins de mon corps. Puissante dans ses vibrations, elle finit par atteindre la volonté de mon père. Dans un souffle, il abandonne. La mine affligée, il récupère son vêtement de pluie posé sur le dossier d'une chaise. Un superbe imperméable bleu marine d'une coupe parfaite.

— Bien, s'incline Adrien, je vais vous laisser.

Bastien manœuvre légèrement pour dégager le passage. Impassible, je reste derrière lui.

— Prends soin de toi, Jérémy, et sache que tout ce que je t'ai dit aujourd'hui est d'une absolue sincérité. Je regrette vraiment.

Puis il pose une main bienveillante sur l'épaule de Bastien.

— Pareil pour toi, fiston et si je ne peux pas aider ton frère, fais tout ce que tu peux pour lui.

Adrien sort de la chambre, tête baissée.

À peine la porte refermée, je m'écroule sur le bord du lit, les jambes en coton.

— Pas facile, frangin, me lance gentiment Bastien. Pas facile mais nécessaire, tu ne penses pas ?

— Nécessaire, tu crois ? grogné-je, contrarié.

— Mais tu réalises, Jérémy ! Notre père si arrogant, si présomptueux a fini par reconnaître ses torts envers toi ! Cela doit te soulager intérieurement, non ?

— C'est trop d'un coup tout ça et qui te dit qu'il ne va pas de nouveau changer d'attitude, qui te dit qu'il ne va pas de nouveau m'incendier dans quelques jours ou mois en me traitant d'incapable ?

Bastien s'approche doucement de moi et pose affectueusement une main sur mon avant-bras.

— Je comprends parfaitement toutes les émotions qui te traversent et elles sont on ne peut plus normales. Si tu veux bien, on sort de ma chambre maintenant pour aller prendre un café en terrasse et au soleil. On discutera là-bas.

— Mais je n'ai aucune envie de le croiser, moi !

— Rassure-toi, notre père doit se trouver au bout du parking à attendre son taxi pour retourner à l'aéroport. Pour information, il est arrivé spécialement de Paris ce matin et rien que pour toi !

Chapitre 22

Ambre

Jérémy m'a tout avoué de sa rencontre impromptue avec son père. Tout, et dans les moindres détails. Bastien lui a précisé mon ignorance totale au sujet de cette visite inattendue. Sortant juste de l'hôpital, son souhait a été de me ménager et de préserver ma première journée, seule avec Noah. Souhait partagé avec Florence, au courant de la venue d'Adrien. Cependant, elle a choisi de ne pas assister à cette confrontation. L'idée de croiser le regard de son ex l'a certainement effrayée. Puis, informée par Bastien des derniers changements de comportement du paternel, semblant sérieusement se remettre en question, elle n'a pas désiré faire obstacle à sa démarche, assurément piquante pour sa rude fierté, mais néanmoins courageuse.

Je ne reverrai pas Bastien mais nous avons échangé un court instant au téléphone.

Pour lui, cette rencontre est un choc pour Jérémy. Doublement un choc. Premièrement, il se retrouve nez à nez avec son père. Cet homme hautain, rigide, à l'origine de tout ce que traverse mon compagnon depuis des années et deuxièmement, retournement incroyable, il s'excuse de son comportement vis-à-vis de lui. De quoi être en colère, de quoi être totalement déboussolé.

Bastien me fait part également de sa légère crainte. Celle de subir la fureur de son frère, même si Adrien a été clair dès le début de sa prise de parole. Jérémy peut lui en vouloir. Peut-être à cause des relations épisodiques qu'il entretient avec leur père et peut-être le soupçonner aussi d'une certaine complicité à son encontre ? Mais Jérémy le rassure. Aucune animosité, aucun reproche ne sort de sa bouche. Après leurs longs échanges, tant privés que professionnels, Bastien repart avec beaucoup d'optimisme.

Adrien tend la main à son deuxième fils, espérant par ce geste provoquer un effet miroir. Il souhaite obtenir en retour son pardon. Une absolution qui le soulagerait grandement. Il pourrait ainsi lui apporter son aide et rattraper certaines erreurs capitales commises. Il est conscient de son impossibilité de les effacer mais il peut essayer d'être un meilleur père pour ce fils si mal considéré, si mal aimé. Et là, Bastien croit absolument aux capacités du paternel.

Seulement, Jérémy ne connaît pas encore la réelle histoire d'Adrien Duplessis et Bastien n'a aucune envie de se transformer en perroquet. Cela ne serait d'ailleurs d'aucune aide pour son frère. Néanmoins, il a grand espoir que les choses n'en restent pas là, que cette fameuse entrevue avec cet être tant détesté déclenche chez son frangin une réaction stimulante, une envie impérieuse de se ressaisir et de reprendre les rênes de sa vie.

Ce que je désire vivement, il va de soi et durant les jours qui suivent mon retour, le souhait d'un nouveau départ pour Jérémy est le sujet principal de toutes mes conversations. Avec Florence, avant qu'elle ne retourne pour de bon dans les Pyrénées, avec mes parents, tout aussi optimistes et avec ma chère amie Maria qui vient régulièrement constater les progrès de ma rééducation. Sans oublier nos voisins de palier, ce jeune couple d'enseignants arrivé dans l'immeuble il y a quelques mois. Tous deux sont les parents d'une petite fille âgée de quatre ans. Cette petite Agathe toute menue, toute timide, au minois métissé, née d'un père français et d'une mère asiatique. Sa frimousse toute ronde, ses grands yeux noirs en amande et ses cheveux courts ébouriffés, tout aussi foncés que son regard, ne cessent d'intriguer mon petit garçon.

Le mois de mars se termine. Quinze jours s'écoulent et je chemine lentement mais sûrement vers ma reconstruction physique, ma réadaptation. Psychologiquement, le travail est plus long. Un épisode de ma mémoire s'est envolé et je n'arrive pas à reprendre ma vie là où je l'ai laissée. Comme si rien ne s'était passé, comme si la surprenante expérience vécue durant mon coma n'était qu'un lointain souvenir. Mais ce n'est absolument pas un lointain souvenir, c'est une incroyable incursion dans un autre espace qui a pénétré une partie de mes cellules et qui a modifié leur structure. Un phénomène que je ne peux expliquer et que je garde au fond de moi avec l'idée qu'il finira par disparaître avec le temps, remplacé par tout ce que l'existence me réserve de merveilleux.

Après avoir passé un super après-midi en compagnie de mon fils et de sa toute nouvelle copine de palier, Agathe, après avoir dessiné, colorié et découpé de multiples poissons en papier en prévision de la plaisante journée du premier avril, je peux enfin coucher mon adorable petit ange.

Avant que je ne ferme moi-même les yeux, blottie dans les bras de Jérémy, j'entends enfin les paroles tant désirées, tant espérées depuis plusieurs jours.

— J'ai pris rendez-vous avec un psy, Ambre, et tu sais que je ne suis pas retourné voir mes copains dans ce fameux bar, là-bas, sur les quais. Je n'irai plus de toute façon. Ils sont prévenus. Je ne suis pas fâché avec eux car ils ne sont responsables de rien, mais je n'ai plus envie d'aller dans ce coin.

— Pour éviter de rencontrer cette Éva ? sondé-je discrètement.

— Il y a de ça mais en ce moment, je crois qu'elle a autre chose à régler de bien plus important. Je ne sais pas où en est la justice à son encontre et j'espère malgré tout qu'elle se sortira du trou où elle s'est mise. Car elle, elle y est vraiment dans le trou. Moi, je n'ai posé que deux pieds sur la première marche de l'escalier qui y mène. Et je sais que je peux m'en sortir.

Contente d'apprendre toutes ces bonnes décisions, je continue d'explorer le fond de sa pensée.

— Et pour ton père, tu penses faire quoi ?

— Je pense lui écrire, m'annonce-t-il, puissamment concentré sur les mots qu'il vient de prononcer.

Dans la lumière tamisée de la chambre, je le regarde intensément. Heureuse, je lui souris et lui caresse doucement la joue.

— C'est un excellent départ, Jérémy, et moi aussi, je sais que tu peux t'en sortir.

Chapitre 23

Six mois plus tard, septembre 2010

Depuis le mois dernier, j'ai repris mon travail à l'agence. Pour mon retour, mes horaires sont aménagés, afin de me réhabituer progressivement au rythme du travail à plein temps. Je ne recommencerai les visites de locations qu'en octobre, décision qui rassure mon entourage et principalement ma mère qui préfère avoir sa Mini Cooper immobilisée, plutôt que de me savoir à son volant. C'est son véhicule personnel qu'elle me confie habituellement, ne l'utilisant que très peu.

Mon accident et ma période de coma du début d'année s'éloignent progressivement de mes pensées. Ces fâcheux événements se voient reléguer au fond de ma mémoire, laissant place à l'actualité, à ce qui m'anime le matin dès mon réveil.

Jérémy tient ses engagements. Depuis six mois, il reçoit un soutien psychologique. Il semble également avoir laissé derrière lui ses relations négatives l'attirant dans des univers destructeurs. Concernant son glissement en zone dangereuse et sa première et redoutable expérience diabolique, contestés immédiatement par tout son corps et son cerveau, il s'écoute et veille sur sa santé. Mais comme précise Bastien qui prévoit de revenir pour les fêtes de fin d'année, la vigilance s'impose.

Après d'interminables réflexions, Jérémy finit par envoyer un courriel à son père. Je n'en connais pas la teneur mais il a pour effet de détendre légèrement les lignes de son visage, comme s'il venait de s'enlever une épine du pied. Certainement pas toutes à mon avis, observant souvent à la dérobée l'expression amère de ses traits. La rancœur s'atténue sans toutefois disparaître totalement. Un sentiment qui refait surface quelquefois, creusant ses joues et durcissant son regard.

Dorénavant, les contacts entre père et fils ont lieu principalement par vidéo. Leurs conversations sont courtes, hésitantes, interrompues de silence. Je m'en éloigne régulièrement, ne voulant pas interférer dans ce timide rapprochement familial. Jérémy me confie néanmoins quelques bribes de leurs échanges où il ressent avant tout le désir évident d'Adrien de se confesser. Un soir, alors que Noah vient de s'envoler au pays des songes, le père tant détesté se dévoile.

Il avoue péniblement sa véritable nature, l'infâme mensonge qu'il entretient depuis vingt ans. Sa vie avec deux femmes, la naissance d'un autre enfant, le même mois que Jérémy. Il reconnaît sa dureté inflexible à l'encontre de ce dernier, ses préférences injustes.

Ce soir-là, cet homme aigri essaie de se justifier et creuse vraiment au fond de son âme. Il confie la raideur de son propre père envers lui, laissé pour compte au profit d'une sœur aînée au cœur aride. Tous deux en veulent à Adrien d'être vivant, tous deux le rendent responsable du départ de la mère, décédée lors de sa venue au monde.

Il relate un passé douloureux dont personne n'a jamais rien su, étant resté toujours vague dans ses explications durant des années, parlant uniquement de brouilles avec les siens.

Jérémy se sent mal, me regarde à peine, me parle à peine. Tendu, le regard perdu, je ne sais pas ce qui tourne dans sa tête, ce qu'il ressent. *Pense-t-il comme moi qu'Adrien a malheureusement reproduit inconsciemment le vécu de son père ou bien songe-t-il plutôt à l'inverse, à une réaction consciente, souhaitant ainsi se délester d'une partie de son mal-être intérieur sur son fils ?* Une idée que je considère comme difficilement concevable.

Les jours passant, l'esprit tracassé de mon compagnon se met en pause et le quotidien l'entraîne dans son sillage, vers ses priorités. Celles du bien-être de sa famille et de sa santé psychologique.

Son travail professionnel se retrouve dans le circuit. Jérémy s'installe devant son ordinateur et reprend contact avec son associé. Désireux de ménager notre couple, il voyage à proximité et s'engage uniquement sur des déplacements régionaux de courte durée.

Les reportages sur les manifestations locales sont privilégiés, comme les floralies en Vendée, les fêtes médiévales de Provins en Seine-et-Marne et la fête du vin à Bordeaux. Fin juillet, il est parti photographier le célèbre Corso de la Lavande dans les Alpes, à Dignes-les-Bains, un village de Haute-Provence. Son investissement dans cette alternative d'enquêtes, peu stimulante pour lui comme il me l'a souvent confessé, s'est terminé fin août. Avant d'envisager des voyages à l'étranger, il a sélectionné la ville de Sète pour clore ses tournées locales. Autant finir par quelque chose de plus attrayant à ses yeux que ces tournois traditionnels de joutes nautiques sur le grand canal de la ville.

Et que dire de nous deux, nous sommes-nous vraiment retrouvés ? En ce qui le concerne, c'est ce qu'il pense. Personnellement, je doute un peu. Au fond de moi, quelque chose d'étrange demeure. Ce quelque chose qui me déstabilise depuis mon curieux et lointain voyage durant mon sommeil profond.

Mais j'avance toujours avec la certitude que le temps aura l'effet d'une baguette magique et que je vais finir par retrouver l'« Ambre » d'avant.

Après ces violentes secousses qui ont ébranlé notre vie familiale, je vis quelques jours d'émotions à la fois tendres et intenses. Noah fait sa première rentrée scolaire en ce jeudi deux septembre 2010.

Une belle matinée douce et ensoleillée nous accompagne. Vêtu d'un short de couleur beige, d'un tee-shirt rayé bleu et jaune pâle, chaussé d'une paire de Kickers, mon enfant, son sac à dos de "Superman" sur les épaules, se dirige fièrement vers sa petite école. L'école d'Agathe, l'école de la maman d'Agathe, prénommée Kiyomi, son petit nom aux consonances japonaises.

Noah est joyeux, ses parents l'entourent et sa grande copine, mignonne et craquante dans sa robe jaune ocre, est près de lui pour vivre ce grand jour. Il sait qu'elle ne sera pas dans sa classe, mais il sait aussi que sa maîtresse sera sa maman. Ce dont je me réjouis. Mais cela ne m'empêche pas d'avoir les yeux larmoyants quand je lâche la main de mon petit garçon pour le laisser à Kiyomi. Cette jeune femme de mon âge habite en France depuis plus de vingt ans. C'est une pure beauté. Je la compare souvent à une poupée de cire, avec son minois arrondi au grain de peau velouté, ses larges iris noirs entourés des plis de paupières si particuliers chez les gens de son peuple et ses grands cils superbement maquillés. Toute menue dans sa robe droite en cotonnade fleurie, toute douce, souriante et aimable, elle accueille parents et enfants.

Impassible devant l'effervescence environnante, Noah parcourt de ses yeux éblouis la salle de classe. Il observe les petites tables rondes bleues, entourées de chaises à sa taille et peintes de la même couleur, les casiers en bois, contenant tous une boîte en plastique pleine de jeux, de livres et d'objets en tous genres sans oublier la multitude de dessins colorés, accrochés aux murs de la classe qui le laissent bouche bée. Rien ne le perturbe trop en fait, alors que le calme est loin de régner. Un brouhaha confus heurte mes oreilles. Je suis peinée par le spectacle et de voir tous ces petits bouts de chou (enfin presque) renifler, pleurer et même hurler, refusant d'être séparés de leur maman ou de leur papa, ou des deux à la fois.

Jérémy semble plus détendu que moi, plaisantant et parlant à Noah sans aucune émotion. Je remarque cependant une très légère impatience dans ses mouvements, pressé peut-être de rebrousser chemin pour continuer les préparatifs de son prochain départ pour la Hollande. Une grande tournée culturelle d'une huitaine de jours dans les villes, musées et endroits les plus pittoresques qui soient.

Ses longues absences se profilent. Pour cette reprise, le choix de la destination me procure quelques craintes. Justifiées ou pas, je sais qu'aux Pays-Bas le système de gestion des drogues est différent. Si l'envie lui prend, rien ne sera plus simple pour lui de s'en procurer dans un "coffee shop", autorisé à vendre certaines substances. Si douces soient-elles, quelles en seraient les conséquences pour lui ?

Mes inquiétudes n'échappent jamais aux regards attentionnés de mes proches. Mes parents me rassurent comme ils peuvent, Florence téléphone tous les jours, sous prétexte de souhaiter une bonne nuit à son « petit-fils » et de prendre au passage de nos nouvelles. Bastien fait de même, un peu moins souvent, mais avec une régularité exemplaire depuis la disparition soudaine et inattendue de son frère. Quant à Maria, que ferais-je sans son soutien indéfectible, sans son écoute bienveillante et ses conseils on ne peut plus avisés ? Toujours présente et disponible pour freiner mes humeurs tracassières. Quoique... disponible... je dirais un peu moins ces derniers temps. Et loin de lui en vouloir, j'affirmerais plutôt que j'en suis super heureuse.

Elle a pris son temps, elle a longuement réfléchi, mais il y a deux mois maintenant, elle a fini par accepter. Quoi, me direz-vous ? Oh, juste une invitation à prendre un verre, un rendez-vous avec le mystérieux et timide médecin réanimateur de l'hôpital Pellegrin. Cet homme à l'attitude tellement effacée et discrète, ne m'a laissé que peu de souvenirs. Mais ma fidèle amie m'en confectionne.

Stéphane Meyrieu a trente-six ans, quatre ans de plus qu'elle. C'est un cœur à prendre également, n'ayant jamais trouvé sa moitié. Sans doute son caractère réservé, sa gaucherie même envers le sexe féminin ont joué en sa défaveur.

« Pourtant il a belle allure ! » s'extasie la « jeune » amoureuse. Moi, je ne me souviens que de sa tenue de travail de couleur bleue, de sa jeunesse par rapport au docteur François, de sa minceur et de sa taille remarquable. Maintenant je sais précisément qu'il mesure un mètre quatre-vingt-dix. Je peux aussi lui ajouter des couleurs, des formes, comme des cheveux épais, courts, à la coupe impeccable et d'un blond très clair, des yeux d'un bleu azur, un nez droit et des lèvres fines.

Je confirme donc la gracieuse apparence de ce jeune médecin originaire du Nord, élégamment vêtu d'un pantalon blanc en toile légère et d'une chemisette en lin d'un bleu soutenu, lors de son passage à l'agence.

Il me salue discrètement tout en prenant poliment de mes nouvelles, puis se dirige sans plus attendre vers ma chère collègue, toute émue de le voir pour la première fois franchir la porte de notre lieu de travail.

Leur histoire se construit. Lentement mais sûrement. Maria ne peut pas tomber mieux, Stéphane n'est pas le genre à effaroucher son entourage, encore moins une femme, encore moins celle qu'il tient amoureusement par la main. Le pénible passé de

Maria, sa douloureuse expérience vécue dans son enfance n'est plus un secret pour lui.

Si l'amour laisse mon amie sur un petit nuage, elle garde cependant les deux pieds bien ancrés dans le sol. Rien ne lui échappe en ce qui me concerne. Consciente de ma difficulté à redevenir entièrement la même personne d'avant mon accident, elle pense qu'une petite sortie entre filles ne pourrait être que bénéfique. Pour me changer les idées, pour ne pas trop tourner en boucle à propos de mon avenir avec Jérémy, de ma vie de couple et de mes propres sentiments.

En un rien de temps, elle organise la sortie. Nous serons donc Parisiennes le dernier week-end de septembre. Jérémy sera absent pour son travail et ma mère, qui jongle entre le magasin et son petit-fils tous les jours de la semaine, se réjouit de la venue de Florence. Sans aucune difficulté et pour la plus grande joie du jeune écolier, « la deuxième mamie » se place sans hésitation sur l'échiquier.

Le vendredi vingt-quatre septembre au soir, nous nous envolerons pour la capitale, heureuses de nous échapper de notre routine, de nous retrouver entre filles pour échanger, nous confier mais aussi flâner dans les rues de Paris. Visiter quelques merveilles de la ville Lumière, faire une croisière sur la Seine peut-être et certainement musarder aux Galeries Lafayette ou au Printemps Haussmann, ou à la Samaritaine…

Un planning assurément impossible à tenir sur deux jours mais l'essentiel pour moi est de vivre pleinement cette courte parenthèse de liberté et d'insouciance.

Chapitre 24

Une rencontre saisissante

Paris nous accueille sous un manteau de pluie et avec une température bien plus fraîche qu'à Bordeaux. Ayant prévu nos blousons légers et imperméables, un pull chaud et de bonnes chaussures de marche, nous rejoignons le Paris souterrain pour nous rendre dans le 9e arrondissement, traînant vaillamment chacune notre valise aux roulettes ronflantes. Nous avons retenu deux chambres dans un hôtel convenant à notre budget et situé à proximité de l'Opéra. Les nombreuses brasseries légendaires de la capitale assureront nos besoins alimentaires.

Pour la journée du samedi, la découverte du Palais Garnier et des Galeries Lafayette Haussmann sont au programme. Deux visites entrecoupées d'une escapade au Parc Monceau, afin de profiter du soleil promis par la météo. En fonction de ma forme physique, capricieuse quelquefois, une soirée cabaret pourra être envisagée, à condition également de trouver des places au dernier moment.

Le lendemain, nous prévoyons de nous rendre dans le quartier bohème de Paris et rejoindre la butte Montmartre en funiculaire. Puis, nous ferons un tour sur l'Île de la Cité pour admirer ce monument emblématique qu'est la cathédrale Notre-Dame. Une bâtisse historique et remarquable, dédiée à la Vierge Marie et qui résonne tout particulièrement dans le cœur de Maria.

Nous terminerons notre équipée parisienne par une balade en bateau le long de la Seine, avant de rejoindre l'aéroport Roissy-Charles-de-Gaulle et regagner notre cité bordelaise.

Mais revenons à ce début de séjour touristique où nous apprécions énormément la découverte du théâtre national. Un pur joyau architectural à la décoration somptueuse. Nos yeux ne cessent d'être éblouis devant tant d'éclats, devant ces ornements de marbres précieux, ces dorures, ces mosaïques et ces lustres en cristal. Un vrai palais. Je me frotte souvent la nuque en levant le nez vers le très haut plafond de la salle principale pour admirer l'œuvre prestigieuse du peintre Marc Chagall[7].

Nous essayons d'entrevoir le « Fantôme de l'Opéra », mais sans grand succès… Un fantasme créé au siècle dernier par un romancier, Gaston Leroux, et qui perdure encore de nos jours. Un halo de mystère

---

7   Marc Chagall, peintre du 20ᵉ siècle, d'origine russe, a réalisé l'une des coupoles de l'Opéra Garnier en 1964.

ne cesse d'envelopper ce somptueux édifice, intriguant les visiteurs du monde entier et nourrissant l'inspiration cinématographique et théâtrale.

Après un déjeuner frugal sur le magnifique comptoir en zinc de la vieille brasserie « Le Valois » qui a accueilli dans le passé des clients prestigieux du monde artistique, cinématographique et politique, nous nous dirigeons vers le Parc Monceau situé à deux pas.

Comme prévu, les rayons du soleil percent les nuages et nous offrent leurs douces caresses. Entourées d'une végétation impressionnante, admirant les arbres spectaculaires plantés depuis près de deux cents ans, où niche une diversité considérable d'oiseaux, nous flânons, détendues, dans les allées du parc.

En début d'après-midi, nous nous retrouvons devant le grand immeuble haussmannien, devant le bâtiment principal de ce colossal magasin de sept étages que sont les Galeries Lafayette.

Nous levons régulièrement la tête pour contempler la sublime coupole de quarante-trois mètres de haut, ressemblant à une immense fleur de vitraux ainsi que ce théâtre grandiose avec ses balcons circulaires en fer forgé. Puis, nous gagnons directement le grand toit terrasse pour profiter d'une vue magnifique sur la ville de Paris, immortalisée à cet instant sur quelques clichés.

Les heures suivantes, nous déambulons dans ce temple sublime et luxueux, dans ce palais de la mode où chacune trouve son bonheur. Après un tour apaisant à la librairie et quelques achats au rayon des souvenirs, l'envie de regagner l'extérieur se fait sentir.

Je franchis la première une porte de sortie, tandis que Maria s'attarde encore devant quelques boutiques d'articles de luxe situées juste à l'entrée du magasin. Soudain, j'entends une voix masculine derrière mon dos qui s'excuse à répétition. « Pardon, pardon, désolé... » Je n'ai pas le temps de me retourner car l'individu me bouscule aussitôt, et surprise, je lâche la grande poche estampillée au nom de la prestigieuse enseigne, remplie de mes emplettes.

Immédiatement, je vois le dos de la créature empressée se baisser légèrement pour ramasser mon sac, se confondant encore en excuses.

— Vraiment désolé, madame, je...

Quand nos regards se croisent, un mutisme absolu s'ensuit. Je sens alors une vive émotion me gagner ainsi qu'un nœud se former dans ma gorge. Une stupéfaction indicible me paralyse littéralement, m'ôtant toute faculté de parler.

— Ambre ! ... Mais... qu'est-ce que ?

Toujours aussi muette, je ne cesse de le dévisager.

— Mais, comment... et pourquoi... pourquoi tu ne m'as jamais rappelé ? Je t'ai pourtant laissé mon numéro de téléphone quand je suis parti !

— Ton… numéro… de téléphone ? balbutié-je difficilement.

— Oui, sur une carte de visite que j'ai posée tout près de ton sac à main…

— Près de mon sac à main ? Mais, je ne l'ai pas vue, ta carte, je ne l'ai pas trouvée ! m'exclamé-je, abasourdie par ses explications.

— Effectivement, si tu ne l'as pas vue, cela explique ton silence. Et puis même, dans le cas contraire, tu n'aurais peut-être pas eu le désir de me joindre… Écoute, enchaîne-t-il, si tu es d'accord je te redonne mon numéro de téléphone. Enfin, si tu veux… si tu peux m'appeler… Échanger avec toi me ferait vraiment plaisir tu sais, et sois sûre que tu ne dérangeras personne. Mais là, je n'ai pas le temps de rester une minute de plus, je dois rejoindre l'aéroport au plus vite.

Je n'émets aucune objection. Il dépose alors sa mallette noire sur le sol et saisit son portefeuille dans une des poches intérieures de sa veste. Rapidement, il se munit d'une carte de visite blanche et d'un stylo. La souplesse du support ne l'aide pas mais il réinscrit tant bien que mal ses coordonnées. J'en profite pour l'observer à la dérobée. Rangeant à la hâte tous ses objets personnels, il me prend une main, place ses écrits dans le creux de ma paume et referme mes doigts dessus.

— Voilà, Ambre, les renseignements remis en main propre. Tu en disposes comme tu l'entends mais personnellement, j'aimerais vraiment échanger avec toi. Allez, je dois filer maintenant, ajoute-t-il, tout en serrant fort ma main emprisonnée dans les siennes.

Hébétée, je le regarde s'éloigner comme un courant d'air et disparaître dans une bouche de métro. Au même instant, je sens une pression sur mon bras. Maria est près de moi, déroutée.

— « Madre de Dios ! », cela fait un moment que je vous observe et toi, si tu n'as pas aperçu le « Fantôme de l'Opéra », là, j'ai vraiment l'impression que tu viens de croiser un revenant ! Tu es blanche comme un linge !

Tout en fixant encore du regard l'endroit où le revenant a disparu, je réponds laconiquement à Maria.

— Tu ne crois pas si bien dire !

— Bon, enchaîne-t-elle, je crois qu'il est temps d'aller nous asseoir à une terrasse de café et de profiter encore de cette journée agréable, même si la fraîcheur arrive. Je pense aussi que tu as beaucoup de choses à me raconter, n'est-ce-pas ?

Chapitre 25

Ambre se dévoile

— Tu sais qu'il m'a bousculée moi aussi ? m'explique Maria, une fois assises devant deux cafés noirs. J'allais sortir du magasin quand il est arrivé à ma hauteur comme une fusée, en s'excusant de sa précipitation et avec amabilité d'ailleurs. Il est passé, je l'ai suivi et c'est là où il t'a accrochée. J'étais juste à quelques mètres derrière toi et la suite... eh bien, tu la connais. Seulement, quand j'ai surpris l'expression stupéfaite de vos visages, j'ai préféré rester en retrait et vous observer discrètement. Un bel homme, ce revenant tout de même ! conclut-elle, et ma fois, je pense que je vais être à moitié surprise par tes explications.

— Tu as donc compris ?

— Je pense… me répond-elle d'un air malicieux. Je sais que tu gardes une période de ta vie dans le secret mais là, quand j'ai détaillé le physique de l'homme qui t'a bousculée, la déduction s'est imposée d'elle-même. Des cheveux blonds, des grands yeux incroyablement bleus et la forme de sa bouche, c'est le portrait craché de ton fils. Ce monsieur est forcément son père !

Gênée, j'approuve d'un mouvement de tête.

— Et comment s'appelle ce séduisant personnage ?

— Hugo...

— Hugo... Hugo, comment ? s'enquiert Maria.

— Hugo je sais pas.

— Comment ça, tu ne sais pas, tu ne connais pas son nom de famille ? poursuit-elle, éberluée.

— Non mais rassure-toi, je vais t'expliquer. N'empêche que je n'en reviens pas d'être tombée sur lui, enfin, plutôt lui sur moi... Mais tu te rends compte, m'exclamé-je, notre brève histoire remonte à plus de trois ans et là, je viens à Paris où il y a plus de deux millions d'habitants, il y a une personne qui me bouscule, et c'est lui !

Voyant ma mine déconfite, mon amie, avec ses iris noirs illuminés par le bonheur qu'elle vit depuis plusieurs mois, me rassure gentiment par une pression affectueuse de la main. Son contact m'apaise un instant.

Tout en lui souriant, je me réjouis intérieurement de son allégresse, de constater sa transformation physique, de la sentir heureuse d'avoir enfilé ce matin son nouveau jean au coloris anthracite avec une taille en moins que d'habitude. Elle cherche aussi à améliorer son look par la création variée de chignons sur sa tête. Ayant laissé poussé ses magnifiques cheveux noirs, aujourd'hui elle arbore une coiffure torsadée dans le bas de la nuque, agrémentée d'une barrette fantaisie de couleur rouge carmin, assortie à son pull à fines mailles. Si Maria porte souvent des couleurs chaudes et soutenues, moi, c'est tout le contraire. Pour notre week-end, j'ai encore sorti de ma penderie un jean bleu et un pull chiné dans le même ton. Une teinte qui met particulièrement en valeur le blond de mes cheveux.

Je réalise soudain le décrochage de mon esprit qui se perd dans d'insignifiantes observations vestimentaires, désireuse certainement de mettre un voile temporaire sur l'incroyable réalité vécue cet après-midi. Mais Maria soulève le rideau sans plus attendre.

— Bon, dit-elle, si tu me racontais un petit bout de ton histoire…

Avant de me lancer, je précise d'abord à ma chère amie les raisons de mon silence.

— Tu sais, Maria, si je suis restée secrète sur cet épisode de ma vie, c'est par peur d'être jugée, d'être considérée comme une fille légère qui se donne aux premiers venus. Alors, j'ai préféré me taire.

— Ehhh, Jésus, Marie, Joseph ! , mais tu n'as pas à te justifier, Ambre, et moi, je n'ai pas à te juger. Puis tu t'embrouilles le cerveau à supposer ce que ton entourage va penser de toi. Tellement qu'à force de l'imaginer, tu te persuades que c'est la vérité. Et tu te concoctes ainsi un véritable bouillon émotionnel qui te fait souffrir.

Concentrée sur les dernières paroles de Maria, je réalise la sagesse de ses propos et la nécessité pour moi de me libérer de certains conditionnements. Plus rassurée, je remonte le temps pour revenir trois ans plus tôt.

— C'était en 2007, le mois de mars venait juste de commencer et Bordeaux se préparait à fêter la fin proche de l'hiver en organisant son traditionnel Carnaval. De semblables manifestations sur cette thématique avaient lieu un peu partout. Avec deux copines de ma promotion, récemment diplômées tout comme moi, nous sommes parties en boîte de nuit un samedi soir, où le concept de la soirée était de se déguiser et de se masquer. Avec un jeu supplémentaire qui était de changer de prénom à l'égard des personnes inconnues.
   — Et c'est dans cette boîte que tu as rencontré Hugo, interrompt Maria.
   — Exact et dès que j'ai croisé son regard, j'ai ressenti comme une décharge électrique, une attirance incontrôlable. Depuis, le bleu indigo de ses magnifiques yeux s'est incrusté dans ma mémoire, bien avant que mon regard n'ait plongé dans celui de mon fils ! C'est comme si ce soir-là, une vague incontrôlable m'avait enveloppée, envoûtée, m'entraînant entre ciel et mer, au rythme des battements de nos cœurs bien emballés. C'était... si intense !

— "Madre des Dios", si ce n'est pas de l'amour, ça, c'est que je n'y comprends plus rien, s'exclame Maria en essuyant furtivement une larme discrète au coin de l'œil.

— Oui, j'en suis tombée amoureuse au premier regard, mais je te raconte la suite.

Nous étions donc masqués et nous avons échangé de faux prénoms, jouant le jeu comme tous les autres. Nous avons dansé tard dans la nuit, attirés comme deux aimants. Utilisant toujours notre fausse identité, nous avons discuté de choses absolument banales et un peu de nos métiers respectifs.

— Il ne serait pas pilote de ligne, par hasard ? questionne Maria.

— Exact, tu as aperçu sa tenue ?

— Oui, durant votre échange, j'ai remarqué la chemise blanche, la cravate bleu-marine, le costume de même couleur et les bandes dorées en bas des manches de sa veste. Légèrement cachées par l'imper qu'il portait.

Et vous avez poursuivi la soirée, enchaîne Maria. Vous avez vécu un véritable coup de foudre tous les deux.

— Moi, certainement. Et sans hésiter, j'ai laissé mes deux copines pour le suivre. Quand nous nous sommes retrouvés dans sa chambre d'hôtel, les masques sont tombés et nous avons arrêté de jouer. J'ai passé cinq heures inoubliables dans les bras d'Hugo, persuadée également d'être protégée physiquement par ma pilule contraceptive et rassurée par le comportement sérieux de mon partenaire. Seulement, c'était sans compter avec mes étourderies dans la prise des contraceptifs et peut-être aussi avec une défaillance involontaire de mon amant.

— Le résultat de cette nuit d'amour est arrivé neuf mois plus tard, conclut Maria. Mais comment se fait-il qu'après cette attirance incontrôlable, il n'y ait pas eu de lendemain dans votre couple ? D'après ce que tu me racontes, Hugo me semble sérieux ! Quoique, ce n'est pas en quelques heures que l'on connaît vraiment quelqu'un et même après plusieurs jours, mois ou années !

— Mais il a été honnête, Maria ! Sauf qu'il s'est produit un truc stupide, complètement idiot. C'est ce qu'il m'a expliqué tout à l'heure devant le grand magasin.

Il devait s'en aller au petit matin et il s'est préparé tout en me laissant dormir. Avant de partir, il est venu m'embrasser et m'a murmuré quelques mots à l'oreille. J'avoue n'en avoir saisi que la moitié. J'ai simplement retenu que je pouvais prolonger de quelques heures ma nuit sans problème vis-à-vis de l'hôtel et c'est ce que j'ai fait.

J'ai quitté la chambre vers dix heures et suis passée à la réception de l'établissement, pensant trouver un courrier à mon attention. Quelle ne fut pas ma déception quand le réceptionniste m'a répondu par la négative, m'assurant uniquement qu'un taxi avait été réservé pour me reconduire chez moi !

Je suis alors sortie de l'hôtel en serrant ma veste chaude sur mon cœur en peine et jetant un regard chagriné sur un avion qui venait de décoller de l'aéroport.

Deux mois plus tard, j'ai complètement paniqué quand j'ai réalisé mon infortune. J'aurais pu avorter mais après avoir mûrement réfléchi, j'ai préféré garder cet enfant conçu pour moi dans un acte d'amour. Aujourd'hui, je ne regrette rien.

Par contre, si j'avais été un peu plus réveillée ce fameux matin où il m'a parlé avec tant de tendresse, j'aurais trouvé sa carte dans la chambre et son numéro de téléphone. Il l'avait à moitié glissée sous mon sac à main que j'avais déposé sur le bureau de la pièce. Et là, je ne sais pas ce que j'ai fait. Certainement encore engourdie par un manque de sommeil, j'ai rassemblé mes affaires et j'ai dû faire tomber le bristol par terre. Je n'ai rien vu.

— « Madre de Dios ! » Quelle déveine ! Mais il t'a tout redonné aujourd'hui et dans le creux de ta main ?

— Oui j'ai sa carte. Je vais la sortir d'ailleurs de la poche de mon jean et la glisser dans mon portefeuille. Je ne sais pas encore ce que je vais en faire mais je n'ai pas envie de la perdre.

Saisissant mon sac à dos posé à mes pieds, je m'empresse de ranger le bristol près de ma carte d'identité.

La journée se termine et le ciel commence légèrement à s'assombrir. La fraîcheur nous fait frissonner et nous décidons de regagner notre hôtel, pressées de donner quelques coups de fil à nos proches.

Sur le chemin du retour la décision est prise, nous nous contenterons d'un dîner pour la soirée et nous reviendrons pour nous offrir une sortie cabaret. Après l'événement inattendu que j'ai vécu cet après-midi, Maria comprend très bien mon état d'esprit. L'effervescence des pensées qui se bousculent dans ma tête et le manque de concentration que je risque d'avoir dans les heures et les jours à venir.

Avant de monter dans nos chambres respectives, nous nous attardons quelques instants dans le salon de l'hôtel meublé avec goût.

— Au fait, me dit soudain Maria, quand tu m'as décrit ta rencontre avec Hugo, cette soirée masquée et ce jeu des faux prénoms, cela m'a instantanément rappelé le rêve que tu as fait durant ton coma. Tu sais les danseurs masqués, cet homme que tu connais mais dont tu ne te rappelles pas le nom. Tu lui demandes d'enlever son masque je crois et il te répond « C'est le jeu pour la soirée ! », un truc comme ça, tu t'en souviens ?

— Oui, je m'en souviens même très bien. Et je dois admettre qu'il y a toujours eu une lutte à l'intérieur de moi-même. Mon mental qui chaque fois a repoussé son image de mes pensées et mon cœur qui s'est exprimé sans détours quand je suis partie je ne sais où en fin de compte.

— Tu penses encore l'aimer ? hasarde Maria.

— Bonne question mais, à vrai dire, je n'en sais rien. Je reconnais avoir beaucoup tremblé de le revoir en face de moi mais c'est peut-être juste l'effet de surprise et rien d'autre. Et puis, si lui me semble libre, moi je vis en couple.

— En couple c'est sûr, renchérit Maria, mais tu m'as quand même souvent confié ces derniers temps les doutes gênants qui t'envahissent par rapport à la vraie nature de tes sentiments envers Jérémy et la sensation bizarre de n'être plus la même qu'avant. Depuis ta sortie du coma, vous n'êtes peut-être plus sur le même plan d'évolution mais je te fais confiance pour analyser et réfléchir posément à tout ça.

Sinon, as-tu vu ce qu'Hugo a inscrit exactement sur la carte qu'il t'a remise, il a peut-être rajouté son nom de famille, une adresse ?

— Je n'ai pas fait attention, trop occupée à l'observer, à me remémorer les moments intimes que nous avons vécus... Ce genre de souvenirs que j'ai refoulés tant de fois et qui me reviennent aujourd'hui avec tant de force !

Mais je peux vérifier maintenant, ajouté-je tout en saisissant mon sac à dos. Je ne sais pas, par contre, ce que cela va m'apporter de plus.

— Pour l'instant, certainement rien mais si tu discutes avec lui au téléphone, cela pourrait peut-être te servir, suggère Maria.

Tout en lui adressant une moue exprimant mes doutes, j'attrape mon portefeuille et en sors le bout de carton. À sa lecture, j'y trouve son numéro de portable et dessous, écrits tant bien que mal, son prénom suivi de son nom. Huit lettres qui me font froncer les sourcils.

Chapitre 26

La fin du séjour parisien et le retour à la maison

Je n'ai pas le temps de prolonger la discussion avec Maria car son téléphone se met à vibrer. À voir son visage s'éclairer d'un sourire étincelant et à capter le timbre de sa voix à la fois doux et discret, je devine de suite l'identité de son correspondant.

Adoptant un langage gestuel, je la laisse à ses amours et gagne ma chambre située au premier étage de l'hôtel. Sobrement équipée et décorée, j'en apprécie son confort. Après quelques échanges chaleureux avec la famille, je me délasse sous l'eau tiède de la douche. Quand j'enfile ma tenue de nuit, tee-shirt et pantalon corsaire, l'espoir de passer quelques heures paisibles m'inonde. Une aspiration intérieure complètement chimérique au vu des derniers événements de cet après-midi qui perturbent et secouent mon mental dans tous les sens.

Que vais-je faire maintenant et pourquoi le destin s'évertue-t-il à me brouiller les idées ? Franchement, Hugo ne pouvait pas bousculer quelqu'un d'autre ou faire ses courses dans un autre endroit ? Oui mais alors, pourquoi moi, je suis venue ce week-end à Paris, pourquoi avons-nous décidé avec Maria de visiter ce grand magasin cet après-midi et d'en sortir pratiquement en même temps que lui ? On dit bien qu'il n'y a pas de hasard mais rien que des coïncidences, comme si là-haut dans le ciel de Maria, ou encore plus haut, tout était programmé d'avance.

Cherchant l'apaisement, j'oriente mes pensées vers Noah, mon bout de chou super heureux d'être en compagnie de sa « grand-mère » Florence. Puis la conversation téléphonique de ce soir avec Jérémy retentit dans ma tête. Il est à Amsterdam, ravi de réaliser son déplacement dans cette cité aux multiples canaux, surnommée pour cela « La Venise hollandaise. » Il déborde d'enthousiasme, peut-être même légèrement exagéré.

Épuisée, je finis par trouver le sommeil, un engourdissement ponctué de soubresauts.

Après un réveil laborieux, je retrouve ma chère collègue pimpante et rayonnante qui s'arrête un instant sur mon visage chiffonné.

— « Madre de Dios ! » la journée a été dure pour toi hier, tu as de petits yeux. Mais ne t'inquiète pas, aujourd'hui nous allons éviter les sujets de discussion qui remuent.

Sans aucune hésitation, j'abonde dans son sens, préférant partager sa joie dans le nouveau projet de s'installer en couple avec Stéphane et leur prochaine recherche d'un appartement, assurément simplifiée par le métier de Maria.

Je m'étourdis à parcourir les quartiers de Paris et à visiter les monuments retenus pour cette journée de dimanche. Nous la terminons en naviguant tranquillement sur la Seine. Un temps de distraction fort plaisant, une évasion certes insuffisante mais nécessaire pour mes neurones bousculés.

Lorsque nous arrivons à l'aéroport de Roissy, le tumulte silencieux de mes préoccupations affectives se remet alors en mouvement. L'espoir de croiser Hugo s'immisce discrètement. Bien que notre rencontre m'ait bouleversée, je le cherche.

Le voyage du retour se passe sans histoires. Je retrouve mon fils avec beaucoup de joie, heureux lui aussi de me raconter son week-end avec sa « mamie » Florence. Ces instants en famille, même incomplète puisque le retour de Jérémy n'est prévu que pour le milieu de la semaine à venir, me ramènent rapidement dans le circuit habituel de mon existence. Une aubaine finalement pour calmer le flot de mes questions désordonnées. J'aurai bien assez de mes nuits pour m'y confronter.

La fête s'invite de nouveau pour Noah quand mon compagnon franchit le seuil du logement. De petits sauts très démonstratifs de la part de mon fils mais une joie plus embarrassée en ce qui me concerne. Quand Jérémy me prend dans ses bras, je ne le sens pas non plus très sûr de lui.

Chapitre 27

Les confidences de Jérémy

Confortablement assis dans le canapé du salon, je me remémore mon voyage en Hollande. C'est comme si je le revivais une nouvelle fois.

Le jour de mon départ, je ne prends pas un vol direct. À la demande de mon père, désireux de me rencontrer, j'accepte une escale d'une petite heure à l'aéroport de Paris. C'est la deuxième fois que je croise Adrien Duplessis depuis son passage inattendu à Bordeaux il y a six mois, en mars dernier.

Rien ne change dans son attitude, sa réserve s'accompagne toujours de ce regard triste observé lors de sa précédente visite. Il prend des nouvelles de mon entourage. Il s'inquiète de ma santé. Je le rassure, lui confiant toutes les démarches que j'effectue pour reprendre pied. Tout en l'examinant discrètement, je ressens une gêne dans son comportement. Quelque chose le tourmente. À mon sujet, je suppose.

— Je dois te parler, mon fils. Je pense qu'il est important que tu saches vraiment tout de ma situation, de ce que je traverse depuis maintenant deux ans. J'imagine que mes malheurs ne t'intéressent pas plus que ça ! Après tout, tu me diras que j'en suis l'unique responsable et tu auras parfaitement raison, mais je prends douloureusement conscience que toute la souffrance dispensée autour de moi durant plusieurs années me revient en pleine figure.

— Je t'écoute, papa, déclaré-je, interloqué et mal à l'aise.

— Eh bien... je vis seul depuis le mois de juin 2008. Ma compagne parisienne, si je peux la nommer ainsi, m'a quitté.

Mes yeux s'arrondissent. Embarrassé, je déglutis.

— À la fin de l'année 2007, poursuit-il, elle a reçu une lettre anonyme sur son lieu de travail. Un courrier qui dénonçait sans ménagement ma double vie, celle que j'ai cachée à tout le monde depuis des années. À elle également. Le visage décomposé, elle m'a jeté l'horrible missive à la figure. Tout à sa fureur, elle a exigé forcément des explications. « Un tel document n'arrive jamais par hasard ! », a-t-elle hurlé à mes oreilles. Le piège était là et il s'est refermé sur moi. Je lui ai avoué alors péniblement ma perfidie.

À cet instant, je crois que je vais me liquéfier. Une sueur moite perle le long de ma colonne vertébrale. Pourtant le regard de mon père reste toujours aussi las et inexpressif. Il ne remarque pas mon trouble.

Je dois avouer maintenant que la double existence d'Adrien Duplessis, je l'ai apprise bien avant Bastien.

Quand mon frère me l'a annoncée cet été, j'ai pris un air terriblement offusqué, déterminé à enfouir un très mauvais souvenir.

En fin d'année 2007, lorsque j'ai découvert par moi-même le choquant comportement de mon père, il en a découlé une action abominable, un geste furibond qui, au fil des mois s'est effacé de ma mémoire, n'ayant produit aucun effet.

Aujourd'hui, où les aveux de mon paternel résonnent entre les murs de cet aéroport parisien, je réalise mon cruel agissement.

Devenu silencieux, assurément livide et empêtré dans mes sentiments incohérents et douloureux, je réveille soudain l'attention de mon père. Ses ternes yeux bleus se parent d'un léger éclat.

— Tu ne te sens pas bien, Jérémy ? me demande-t-il d'un ton toujours monocorde. Ce que je t'apprends te dérange ?

Se doute-t-il de quelque chose finalement ? pensé-je, horrifié, m'enfonçant encore davantage sur le siège où je me trouve. Je me râcle la gorge et lui réponds.

— Je ne sais vraiment pas quels qualificatifs employer par rapport à ce que je ressens. Je rejoins simplement ta pensée dans le fait que les actes délétères accomplis par tout être humain finissent souvent par se retourner contre celui qui les commet.

Mal dans ma peau, je désire écourter l'entrevue. Je me lève, prétextant le départ prochain de mon avion.

— Je comprends, Jérémy, tu vas devoir te présenter à la porte d'embarquement. Mais n'oublie pas, je reste totalement disponible pour toi et indépendamment de tout ce qui a pu se passer.

La tête confuse, je serre la main de mon père, revêt mon blouson matelassé et récupère mes bagages.

Durant la deuxième partie de mon voyage, des questions épineuses viennent m'angoisser. *Si mon père pense que c'est moi l'auteur de la lettre anonyme, pourquoi alors reste-t-il si éteint, si impassible, pourquoi n'élève-t-il pas la voix pour témoigner sa colère, son indignation à mon égard comme il l'a toujours fait ? Et Bastien, est-il informé du départ de sa compagne, de la raison pour laquelle elle est partie ?* Des souvenirs amers me submergent.

Au mois de novembre 2007, j'ai effectué un déplacement à Paris pour rencontrer un responsable d'un magazine de voyages. Lors de notre deuxième entrevue, monsieur Bricard, nom de l'intéressé, m'a invité dans un bistrot situé près de ses bureaux. Un restaurant qu'il fréquente assez régulièrement depuis une bonne vingtaine d'années.

Dès son entrée, les salutations sympathiques ont commencé. Il a serré la main à beaucoup d'habitués. Hommes, femmes et serveurs lui ont répondu avec amabilité. Le rez-de-chaussée du bistrot étant complet, je l'ai suivi au premier étage.

Âgé d'une cinquantaine d'années, de taille moyenne et légèrement bedonnant, mon hôte a grimpé les marches d'escalier, le souffle au ralenti. Arrivés sur le palier, les mêmes civilités se sont déroulées.

Enfin installés à une table surplombant la salle d'en bas et l'accès au restaurant, monsieur Bricard s'est relevé inopinément en s'excusant. Ses respectueuses révérences n'étant pas terminées.

Profitant de son absence, j'ai jeté un regard distrait aux alentours. Quand celui-ci s'est arrêté au niveau de la porte d'entrée, j'ai aperçu une silhouette familière la franchir. Stupéfait, j'ai baissé la tête. Les battements de mon cœur se sont accélérés quand j'ai reconnu le profil impérial de mon père.

Depuis deux ans qu'il a quitté ma mère, je ne suis toujours pas arrivé à canaliser la colère sourde qui me ronge envers lui.

Épiant ses moindres gestes, je l'ai vu suspendre son pardessus sur un porte-manteau mural et se diriger vers une table où une femme, la cinquantaine, souriante et distinguée, l'attendait. Une beauté scandinave saluée par monsieur Bricard juste quelques minutes plus tôt.

Quand mon père est arrivé à sa hauteur, elle s'est redressée élégamment de la banquette noire où elle était assise et lui a tendu un visage radieux. Le baiser discret et furtif qu'ils ont échangé ne m'a laissé aucun doute sur leur relation. Me remémorant les propos de mon frère au sujet des origines de la nouvelle compagne parisienne de mon père, je n'ai pu que me rendre à l'évidence. Elle se trouvait en contre-bas, à quelques mètres de moi.

Même si j'ai senti la fureur m'étreindre, j'ai reconnu le goût raffiné de mon paternel en matière féminine. Si le physique de ma mère m'éblouit toujours, quoique totalement différent de celui de cette inconnue, j'ai apprécié cependant l'allure distinguée de la compagne de mon père. Elle était d'une grâce parfaite comme si elle avait été mannequin quelques années au préalable. Mince et élancée, elle portait une robe droite à manches longues d'une couleur bleu saphir, marquée à la taille par une large ceinture en cuir noir. Elle se démarquait particulièrement par la clarté de son teint, par la couleur de ses cheveux courts d'un blond très clair, par les traits délicats de son visage et la profondeur de son regard cérulé. Détail observé quelques minutes auparavant, en compagnie de mon hôte.

La voix de ce dernier a stoppé mes observations.

— Encore désolé monsieur Duplessis, mais cette fois je m'assieds et ne bouge plus, m'a-t-il précisé, tout en me dévisageant. Quelque chose ne va pas, vous me semblez tendu ?

— Juste un peu brassé par mes derniers jours de travail, avancé-je, mais nous allons déjeuner et je me sentirai certainement mieux par la suite.

Les commandes passées et comptant sur le côté bavard de monsieur Bricard, je me suis préparé à mener mon enquête, désireux d'en apprendre davantage sur la compagne de mon père.

— En vous attendant, commencé-je, j'ai observé encore l'une des belles femmes que vous avez saluée tout à l'heure et même si je pourrais être son fils, j'admire beaucoup sa prestance.

D'un signe de la tête, j'ai orienté le regard curieux de mon hôte vers l'inconnue assise en face de mon père.

— Vous la connaissez depuis longtemps ? ai-je questionné d'une manière se voulant détachée.

— Érika ? Ah oui, depuis que je fréquente cet endroit. Elle débutait à peine son métier de styliste. À cent mètres de ce restaurant, il existe une boutique de mode renommée et spécialisée dans la réalisation de robes de mariée. Et cette superbe créature d'origine suédoise y a fait son chemin.

— Je comprends maintenant mon appréciation par rapport à sa façon de s'habiller, ajouté-je d'une façon légère tout en dégustant des œufs mayonnaise. J'y retrouve l'élégance de ma mère pour se vêtir. Si ça se trouve, vu le métier de votre connaissance, elle crée elle-même le modèle de ses vêtements !

— C'est fort possible, a renchéri monsieur Bricard, mais je ne suis pas assez intime avec Érika pour satisfaire votre curiosité. Sinon, j'ai suivi à distance son ascension professionnelle, j'ai constaté l'évolution de sa vie personnelle également, remarquant un jour son ventre s'arrondir. D'ailleurs, l'homme présent à sa table m'a été présenté comme étant son compagnon de vie. Cela remonte à très longtemps maintenant, Érika devait avoir alors dans les vingt-cinq ans. Mais je ne connais rien de son ami et n'ai qu'un souvenir vague de son prénom. Il s'appelle Alain ou Albin... je ne sais plus. Mais pourquoi portez-vous autant d'intérêt à ces deux personnes ? a questionné soudainement l'homme prolixe.

Abasourdi par ses dernières paroles, je me suis concentré pour adopter une attitude désinvolte et j'ai inventé un mensonge pour couper court à son questionnement.

— J'allais justement vous interroger sur son compagnon, ai-je enchaîné, car j'ai beau réfléchir, je suis sûr de l'avoir déjà rencontré mais je n'arrive pas à me souvenir quand et où ?

Au même moment, un serveur, revêtu d'un grand tablier noir noué autour de sa taille est arrivé avec les deux plats du jour. Le regard doré et gourmand de monsieur Bricard, orienté exclusivement sur le contenu de son assiette, m'a donné l'opportunité de changer le sujet de notre conversation.

— Cette tête de veau à la sauce gribiche me semble délicieuse ! ai-je exprimé avec empressement.

— Vous pouvez le dire, c'est un régal ici, a-t-il répondu tout en saisissant avidement ses couverts.

Le laissant tout à sa gourmandise et n'apercevant

que le sommet de son crâne dégarni, je n'ai pu m'empêcher de lancer des coups d'œil incendiaires du côté de mon père, du côté de ce couple que dans ma fureur, j'ai qualifié de lamentable et de laid. *Il nous a menti pendant vingt ans, mais comment a-t-il pu être aussi ignoble ?*

Animé d'un désir de vengeance incontrôlable et après quelques recherches sur le web, j'ai trouvé facilement la complète identité de cette Érika et tout aussi facilement l'adresse de son lieu de travail.

Le mois suivant, de retour dans la capitale, j'ai glissé nerveusement une lettre anonyme dans la boîte aux lettres de la boutique de mode où la styliste exerce. *Si Adrien a fait preuve d'honnêteté envers elle, mon action ne sera qu'un coup d'épée dans l'eau, ai-je pensé, mais dans le cas contraire...*

Trois ans plus tard, juste avant mon embarquement à destination d'Amsterdam, les confidences de mon paternel me tétanisent. Ce geste éhonté de ma part éclate violemment dans ma mémoire. Il n'est pas un simple coup d'épée dans l'eau.

Pourtant, quand je me remémore nos échanges avec Bastien, après la visite surprise de mon père à Bordeaux, je réalise mon impassibilité à l'une de ses révélations : quand mon frère a confié son vif étonnement lors de sa rencontre avec Adrien à Paris, en juin 2008. Bastien a constaté un changement notoire dans l'attitude de notre père. Plus d'arrogance, plus de fierté mais une grande tristesse et un abattement sérieux l'habitaient. En juin 2008, ce mois où Érika l'a quitté.

Le bilan de mon existence me ronge de partout, je sens que tout dérape. Je sème le malheur autour de moi et en moi. Je dois tout arrêter. Je suis très lucide en ce qui concerne Ambre et réalise mon incompétence à la rendre heureuse. D'ailleurs, depuis cette dramatique agression du mois de février dernier et ce qu'elle a vécu durant sa période de coma, elle n'est plus vraiment la même. À son retour de Paris, j'ai l'impression de l'avoir totalement perdue.

Chapitre 28

Cartes sur table

Vingt-et-un jours exactement s'écoulent depuis le retour d'Amsterdam de Jérémy. Des jours interminables et pesants. Une atmosphère étouffée règne dans notre appartement comme la chaleur ressentie avant que n'éclate l'orage.

Nos nuits distantes s'entrecoupent de silences et d'illusions. Jérémy et moi sommes coincés dans notre forteresse, refusant d'admettre la réalité, refusant d'accepter l'évidence. Nos cœurs ne battent plus à l'unisson.

Engourdis de vivre ainsi, mon compagnon finit par abdiquer. Un soir, les confessions éprouvantes commencent.

Assis face-à-face à notre table de cuisine, devenue un véritable confessionnal, Jérémy se lance. De suite, il évoque son déplacement en Hollande. Une pensée indésirable fuse dans mon esprit et s'égare dans les « coffee shops » du pays.

Concentré sur ses paroles, il ne remarque pas l'expression soucieuse de mon visage et continue ses surprenantes révélations. Ainsi j'apprends la rencontre avec son père à l'aéroport de Paris, ses pénibles aveux et surtout la misérable inconduite de mon compagnon en fin d'année 2007. Je suis consternée.

— Tu as tout appris sur ton père bien avant Bastien et tu n'en as rien dit, tu as simplement fait semblant de tout découvrir cet été ! m'exclamé-je, stupéfaite.

— Tu vois bien, Ambre, de quoi je suis capable et par la même occasion de quoi je suis incapable. Je mens, je fréquente des mauvaises personnes, je commets des actes vils et ne m'en vante pas, forcément !

J'ai eu recours à la vengeance qui ne m'a rien apporté finalement. Juste sur le moment peut-être où j'ai ressenti comme un soulagement. Mais aujourd'hui, dans tout ce brassage émotionnel où je me noie, je déplore mon impuissance à te rendre heureuse. Je suis trop instable, replié sur mon passé et je déraille dès que je souffre.

— Ça suppose que tu t'es laissé tenter à Amsterdam ? questionné-je, embarrassée.

Jérémy hésite. Il se pince les lèvres.

— Ce n'est que de l'herbe, se justifie-t-il, et j'ai vraiment eu besoin de me détendre après le face à face avec mon père. Son aveu désespéré, ses sous-entendus à mon sujet et la pitoyable plongée dans mon passé m'ont complètement déstabilisé. Et toi, automatiquement tu en fais les frais, comme à l'accoutumée. Tu vois, reprend-il, je ne veux plus t'infliger cela. Ni à toi ni à Noah. Car il va grandir, observer et s'apercevoir d'un tas de choses me concernant et certaines pas très glorieuses.

— Mais tu as encore la possibilité de te ressaisir, de tourner le dos à ton passé et de naviguer sur des eaux beaucoup moins tumultueuses !

Mon compagnon hausse les épaules et se lève. Il prend deux verres dans l'armoire située derrière lui et sans rien me demander les remplit d'eau.

— Certainement, me dit-il en se rasseyant, mais je ne peux pas entreprendre ce voyage avec toi et Noah à bord. Je dirige trop mal l'embarcation. Par ma faute, j'ai mis ta vie en danger et tu as vécu des moments douloureux, compliqués. Et depuis, je me rends bien compte que tu t'éloignes de moi un peu plus chaque jour.

Voyant ma mine déconcertée, il se lève et entoure mes épaules de ses bras.

— Je te peine peut-être en étant aussi franc, mais il serait temps que je le sois, tu ne crois pas ? Et si je veux l'être encore davantage, enchaîne-t-il en revenant s'asseoir à sa place, ton éloignement s'est encore accentué au retour de ton week-end parisien.

Ma gorge s'assèche. Je m'empresse de vider mon verre. Mais sa franchise, sa lucidité et son calme surprenants opèrent comme un cataplasme sur la sourde appréhension qui m'habite. Tout sonne juste dans son analyse, je ne peux qu'abonder dans son sens. Je lui révèle alors la saisissante rencontre que j'ai faite à Paris et les vives émotions qu'elle m'a occasionnées, m'étant retrouvée brusquement en face du père de Noah.

Respectueusement et sans aucun signe de contrariété, il accueille mes aveux. Tout ce que je cache depuis trois ans.

Après ma loyale confession, un silence embarrassant s'installe. Nous échangeons quelques regards furtifs, dépourvus d'hostilité avant que Jérémy ne reprenne la parole.

— Tu l'as appelé, Hugo ?

— Non, je ne l'ai pas fait, c'est trop confus dans mon esprit. Mais je trouve curieux de le croiser au moment où tout bascule entre toi et moi.

— C'est peut-être un signe du destin, le tout est de savoir ce que tu vas en faire. Si l'attirance est là, si le chemin est libre pour vous deux, je serai heureux pour toi et pour Noah.

Jérémy prend mes mains dans les siennes et les embrasse affectueusement. Au-delà de son apparence sereine, je perçois son trouble. Son regard perle de larmes contenues, mais il ne s'effondre pas pour autant. D'une voix posée, il émet simplement le souhait de remettre nos échanges à plus tard, afin d'élaborer le meilleur plan possible pour déconstruire une trentaine de mois de vie commune.

Dès le lendemain, les premières actions se concrétisent. Jérémy contacte son frère, désireux de se délester du poids de ses mensonges par omission. Les siens et le nôtre au sujet de Noah qui n'est pas un Duplessis.

L'inconfortable et éprouvante conversation se passe en vidéo et à fortiori entre adultes. Dès que Bastien aperçoit nos visages tendus, dès qu'il entend l'histoire de la lettre anonyme, sa physionomie se transforme instantanément. Il est secoué. D'un geste lent, la tête légèrement baissée, il se frotte le front et expire bruyamment.

— Voilà pourquoi il était si mal, notre père, quand je l'ai vu courant juin il y a deux ans, constate Bastien, sa compagne l'a donc quitté. D'où sa grande remise en question et particulièrement à ton sujet, Jérémy. C'est un véritable retour à l'envoyeur qui se produit, bien que je ne cautionne absolument pas ton geste, frangin. Mais tu devais être sacrément ravagé intérieurement pour en arriver à cet extrême !

Jérémy ne répond pas, conscient de la rage qui l'habitait alors et de son geste totalement désespéré.

— Avez-vous d'autres choses à me confier, questionne avec inquiétude Bastien, car à voir le peu de gaieté qui vous anime, je dois m'attendre à quoi ?

— Nous allons nous séparer, annonce Jérémy sans ambage.

— Ça, je m'y attendais, tout comme le reste de la famille d'ailleurs. Depuis ton agression, Ambre, tout est devenu extrêmement fragile dans votre relation.

— Fragile et compliqué, confirmé-je, mais comme tu le soupçonnes judicieusement, nous avons encore une vérité à exprimer.

Me voyant pâlir, Jérémy poursuit aussitôt.

— Je n'ai jamais beaucoup échangé avec toi ni avec maman. Ni avec personne, en définitive. Quand j'ai rencontré Ambre, je ne vous ai jamais confié quoi que ce soit. Nous sommes arrivés à trois, certes, mais… Noah n'est pas mon fils et à cette époque-là, il nous a semblé inutile de le préciser.

Les yeux de Bastien s'agrandissent d'étonnement et de déception également.

— Cela ne change rien, Bastien, appuyé-je, trop triste de voir sa mine déconfite. S'il n'y a pas le lien du sang, il y a toujours le lien du cœur et celui-ci, il a tout autant de valeur, sinon plus. Tu resteras toujours « tonton Batien .» Tout comme ton frère qui est un papa de cœur.

— Et Florence, vous l'avez mise au courant ? demande Bastien d'une voix altérée.

— Pas encore, répond Jérémy, tu es le premier à être informé, notre décision de tout révéler ne date que d'hier.

— Bon, reprend laconiquement Bastien, je vais aller digérer tout ça. Vous me tenez au courant pour la suite, pour les fêtes de Noël par exemple où je prévois de venir à Anglet pour les passer en famille…

La conversation se termine avec amertume. Notre structure familiale s'écroule comme un château de cartes. Plus de couple, plus de père, plus d'oncle, plus de mamie. Comment allons-nous expliquer à Noah cet effondrement ?

Quand je franchis la porte de l'agence, Maria comprend de suite qu'un événement important s'est produit durant le week-end. Ce matin, le reflet de mon visage dans le miroir est sans pitié, amplifiant mes cernes sous les yeux et badigeonnant ma peau d'une teinte blafarde.

Profitant d'être seules, je lui confie mes échanges de la veille avec Jérémy et Bastien.

— Jésus, Marie, Joseph ! Je ne sais vraiment pas quoi dire. Que votre couple parte en cacahuète, ce n'est pas un scoop, mais au sujet des agissements de Jérémy par rapport à son père et à sa compagne parisienne, j'en suis extrêmement surprise.

Maria, les yeux dans le vague, semble concentrée. Puis elle reprend dans la foulée.

— C'est fou ce que l'on est capable de faire quand on baigne dans la souffrance, s'exclame-t-elle en poussant un énorme soupir de désolation. En attendant, que l'on y croie ou pas, tout te bouscule en ce moment, ta singulière rencontre avec Hugo et le réalisme singulier de Jérémy.

— Tu as raison, approuvé-je, mais moi je n'ai pas su lui avouer mon détachement vis-à-vis de lui. Cette pénible sensation qui s'est installée bien avant notre voyage à Paris, bien avant qu'Hugo ne resurgisse subitement devant mes yeux.

— Je le sais, Ambre, mais crois-tu pouvoir être maîtresse de tes sentiments, crois-tu être en mesure de décider qui tu vas aimer, quand tu vas aimer et combien de temps ? Arrête de te culpabiliser et pense plutôt à toi et à ton fils. Ton bonheur est certainement ailleurs et soit-dit en passant, pas forcément avec le père de Noah. Par contre, pour en être certaine, tu sais ce qu'il te reste à faire ?

— Oui, je vais le contacter.

Chapitre 29

Hugo

Dernier week-end d'octobre, un mois vient de s'écouler depuis la brève et surprenante collision avec le père de mon fils. Tremblante, je m'apprête à lui envoyer un SMS et je ne sais comment le tourner.

À pas feutrés, j'arpente les pièces de l'appartement où aucun bruit ne me distrait. Noah doit avoir quitté la Terre et vole vers son ciel étoilé, agréablement bercé par sa veilleuse musicale. Jérémy est en déplacement pour la journée à Lyon et ne rentrera que demain dans la matinée.

Prise de frissons, alors que le chauffage adoucit agréablement l'air ambiant, je me saisis du châle crocheté par Florence. En forme de demi-lune et tout en nuances de teintes automnales, je l'enroule autour de mes épaules, désireuse d'y dénicher un peu de réconfort. De l'inspiration aussi… qui n'arrive pas. Alors je me contente de pianoter sur mon portable un condensé de mots exprimant simplement mon souhait de lui parler.

La réponse est immédiate. Prudent, il me demande par écrit s'il peut composer mon numéro dans la foulée. Sous l'effet de la surprise, n'ayant pas envisagé un scénario aussi fulgurant, j'hésite quelques secondes avant de lui répondre par l'affirmative. Hugo est au bout du fil.

Malgré ma minutieuse préparation pour ce premier échange, programmant l'ordre de mes questions et de mes réponses éventuelles aux siennes, je me sens soudain perdre pied dès que j'entends sa voix. Ses intonations sensuelles et caressantes me troublent encore.

— Bonsoir Ambre, je suis vraiment content de t'entendre et j'espère aussi ne pas te déranger.

— Bonsoir Hugo, pas de dérangement, ne t'inquiète pas. Tu sais, j'ai beaucoup réfléchi avant de me manifester comme tu l'as souhaité à Paris. Et comme tu vois, j'ai fini par me décider. Après tout ce temps, nous avons chacun poursuivi notre chemin et depuis notre entrevue accidentelle du mois dernier — une deuxième rencontre plutôt remuante pour ma part — j'éprouve le besoin de faire un point sur les trois années qui viennent de s'écouler, depuis ces quelques heures que nous avons partagées toi et moi...

— Bien dommage pour la carte que tu n'as pas trouvée le jour où j'ai quitté l'hôtel, souligne Hugo, c'est vraiment pas de chance mais tu m'aurais rappelé, sinon ?

— Oui, je l'aurais fait, sans aucun doute.

J'entends Hugo soupirer au bout de la ligne.

— Bon, comme il nous est impossible de revenir en arrière, je vais te confier rapidement où j'en suis maintenant. Je voyage toujours dans les airs en tant que pilote de ligne, confirmé maintenant. J'habite encore la capitale où j'ai vécu dernièrement avec une femme, une hôtesse de l'air pour être précis. Mais vu mon peu d'ardeur à vouloir fonder une famille, notre relation s'est terminée au bout d'un an. Quand je t'ai bousculée devant les Galeries Lafayette, j'avoue humblement mon trouble à replonger mon regard dans le tien. Je n'ai rien oublié, tu sais.

Je ravale ma salive en écoutant ses confidences. Lui non plus n'a rien oublié. Mais ce n'est pas parce que l'on se souvient de tout que nos sentiments n'ont pas évolué depuis ! De plus, il ne sait rien encore de mon parcours et ce n'est pas au téléphone que je vais tout raconter. M'apprêtant à lui proposer la possibilité de se retrouver en tête-à-tête dans un bar du centre bordelais à l'occasion d'un de ses déplacements, des pleurs se font soudainement entendre. Noah fait un cauchemar, le son de sa petite voix apeurée traverse les ondes.

— Il y a un enfant chez toi ? questionne Hugo, surpris.

Confuse, je m'apprête à lui répondre, maugréant après cette manifestation imprévue de Noah. *Ce n'est pas de cette façon-là que j'envisage de lui apprendre l'existence d'un enfant. Pas de son fils pour le moment, mais d'un enfant.*

— Oui, il y a un petit, affirmé-je d'une voix hésitante.

— Tu es donc mariée et mère de famille ? articule-t-il avec peine.

Embarrassée par la tournure que prend la discussion sur fond de sanglots spasmodiques, je m'empresse de répondre.

— Non je ne suis pas mariée, Hugo, et oui je suis mère de famille. Peux-tu m'accorder une minute s'il te plaît, le temps d'aller calmer le petit ? Je voudrais encore te parler si tu veux bien.

— D'accord, me répond-il, légèrement désappointé.

Rapidement, je gagne la chambre de Noah et le rassure doucement. Je récupère son doudou préféré gisant au pied de son lit et le dépose tout contre sa joue. Sa peluche marron et grise aux poils usés qui représente une marmotte plutôt défraîchie. Sans bruit, je referme la porte sur ce spectacle attendrissant et rejoins prestement le salon, non sans ressentir une pointe d'inquiétude. *Comment vais-je m'en sortir avec Hugo ?*

— Voilà, je suis de retour et merci d'avoir patienté. Comme tu as deviné, durant trois ans j'ai vécu un peu plus de changement que toi. Je vis en couple depuis et j'ai un petit garçon, lui expliqué-je tranquillement.

— C'est une situation qui aurait pu également

m'arriver, admet-il finalement. Et quel âge a-t-il, ton enfant ?

— Je réponds sans être trop précise : Il est dans sa troisième année et se prénomme Noah.

À l'autre bout du fil, un silence se fait entendre. Hugo semble s'interroger mais sa réflexion est brève. Quand il reprend la parole, aucune question ne sort de sa bouche.

— J'espère que tu es heureuse, Ambre, et je ne voudrais pas t'importuner davantage.

— Tout va bien, Hugo, il n'y a que mon fils et moi, ici. Puis comme je te l'ai exprimé plus tôt, je voudrais échanger un peu plus avec toi.

— Mais tu as un compagnon, c'est un peu délicat, tu ne penses pas ?

— Non, cela ne l'est pas. Pour être honnête, mon couple est en souffrance et bien avant que l'on ne se croise à Paris. Le tien n'existe plus tandis que le mien bat de l'aile. L'homme qui partage ma vie n'est donc pas un obstacle mais le temps qui s'est écoulé depuis cette inoubliable nuit de Carnaval, lui, peut le devenir. Et puis…

Au même moment, les pleurs de Noah résonnent de nouveau dans l'appartement. Ce bout de chou s'interpose innocemment et sans le savoir entre son père et sa mère. Avant de me relever, j'interroge à la hâte Hugo.

— As-tu envie de poursuivre cette conversation, d'en savoir un peu plus sur moi ou peut-être éprouves-tu simplement le désir de passer un agréable moment à discuter et en toute tranquillité si possible ?

— J'aimerais bien en connaître davantage, oui, et te revoir aussi. Je ne connais pas mon planning pour le mois de novembre mais cela ne saurait tarder. Je te l'envoie dès que je l'ai. Parfois, je n'ai pas le temps de sortir de l'aéroport de Mérignac mais quand je suis de repos, il m'arrive de me rendre à Bordeaux pour rejoindre quelques connaissances qui vivent en centre-ville. Moins maintenant car la plupart ont une vie de famille et sont occupées comme toi.

— Très bien, approuvé-je et je tiens à m'excuser pour toutes ces interruptions. J'attends ton message et te tiens au courant. Encore désolée, mais là il faut que j'y aille, mon fils est carrément sorti de son lit.

Noah se tient debout devant moi, la marmotte sous son nez, serré tout contre lui.

— C'est papa, maman ? me demande-t-il d'une voix innocente et endormie.

Je ne relève pas sa question et quitte promptement Hugo avec un « à bientôt » pour confirmer mon attente. Noah dans mes bras, je retourne gentiment le remettre au lit.

Dès le lendemain, l'emploi du temps d'Hugo s'affiche sur mon portable. Aussitôt, je m'organise. Les vacances de la Toussaint se terminent, mon congé également. Je vais donc profiter d'une pause-déjeuner pour retrouver Hugo en ville dans un restaurant situé sur les allées de Tourny. Toute disposée, Maria s'apprête à pallier un éventuel retard de mon arrivée en début d'après-midi.

Noah déjeune chez mes parents et Jérémy semble ne faire qu'un avec son ordinateur, beaucoup plus préoccupé par son travail et les échanges qu'il partage avec son frère Bastien. Mon rendez-vous avec Hugo ne l'intéresse pas plus que ça. Je ne m'en formalise pas. Pour lui, c'est dans l'ordre des choses.

Il est midi trente quand je pénètre dans la brasserie « Le Noailles », histoire de retrouver un air de Paris. Hugo m'attend, assis sur la banquette en velours rouge devant la table qu'il a réservée. Souriant, il se lève dès qu'il m'aperçoit. Comme il est de repos, il ne porte pas son uniforme mais une tenue décontractée. Un jean gris foncé et un pull beige en jersey au col montant et zippé. Je retrouve sa galanterie lorsqu'il m'aide à me dévêtir de mon manteau. Le vêtement que j'ai choisi pour l'occasion, cintré, de couleur crème et à capuche. La grisaille et la fraîcheur de ce début de mois de novembre invitent à se couvrir mais j'admets qu'un désir de coquetterie frétille en moi. D'ailleurs, je me sens parfaitement dans mon élément, vêtue d'une jupe droite gris clair, d'un pull en cachemire de couleur vert émeraude et d'une élégante paire de bottes en cuir noir.

Tout en prenant place face à lui, je l'observe furtivement. Il a toujours autant de charme et le bleu

243

profond de ses yeux, cette fascinante couleur indigo, m'ensorcelle de nouveau comme dans cette boîte de nuit, trois ans et demi plus tôt. Ses cheveux blonds sont toujours aussi souples et je me laisse bercer par les intonations douces et délicates de son timbre de voix. Pour moi, je n'ai aucun doute sur son pouvoir de séduction.

Un jeune serveur stylé en gilet noir et tablier blanc nous présente les menus. Il dépose ensuite deux verres de blanc sur la table. Un Entre-Deux-Mers aux délicats arômes d'agrumes, de fleurs et de fruits qui adoucit avec délice mes sensations contradictoires. Ces sentiments de peur et d'excitation qui circulent inlassablement dans ma tête depuis l'invitation à déjeuner d'Hugo.

Les premiers échanges sont légers et courtois puis l'impatience de mon hôte s'exprime très vite. Je commence alors à remonter progressivement dans le temps et à lui conter mon existence. La chronologie des événements est quelque peu désordonnée, soucieuse de garder l'important pour la fin. *Une finalité, pensé-je, qui risque de modifier assurément le comportement d'Hugo, mais dans quel sens ? Surprise, joie, dérangement, contrariété, quels sentiments vont l'animer, lui qui ne se sent pas prêt à fonder une famille ?*

Pour le moment, il apprécie tranquillement sa sole meunière tandis que je déguste mes savoureuses noix de Saint-Jacques aux cèpes. Quand je révèle l'épisode de mon agression et celui de mon séjour à l'hôpital, il marque un temps d'arrêt, son visage et son regard empreints d'émotions. Je devine de la colère, de la crainte, de la tristesse. Au fil de mes explications, il comprend mieux la distance qui s'installe entre mon compagnon et moi-même.

Quand les desserts se présentent à notre table, de belles assiettes de profiteroles au chocolat, je questionne rapidement Hugo avant qu'il ne s'intéresse de trop près au cas de Noah.

— Qu'est-ce que tu éprouves maintenant après avoir entendu mon parcours et qu'est-ce que cela procure chez toi, nos retrouvailles ?

— De la peine pour ce que tu as vécu en février dernier, de la tristesse pour ton histoire amoureuse qui va se terminer comme la mienne, mais aussi pas mal de sensations agréables à te revoir. Oui, vraiment, et toi ?

— J'apprécie également le jeu du destin et je m'émerveille de son calcul précis pour que tu sortes en même temps que moi du grand magasin à Paris.

— Et surtout le fait de t'avoir percutée si maladroitement au même moment ! ajoute Hugo avec un rire malicieux.

Quelques secondes s'écoulent avant qu'il ne reprenne la parole. Le temps de goûter le succulent chou abritant sa glace à la vanille et la divine sauce au chocolat chaud.

— Maintenant, le plus grand changement est pour toi, conclut Hugo, tu as pris du grade en devenant maman et tu es certainement très occupée. Ton fils va bientôt avoir trois ans, c'est ce que tu m'as dit ?

— Oui et effectivement, j'ai beaucoup moins de liberté entre mon travail professionnel et celui de jeune maman. Ce genre de liberté auquel tu tiens, si j'ai bien compris tes explications. Tu n'es pas resté avec ton ancienne compagne parce que tu ne voulais pas d'enfants, c'est ça ? questionné-je avec le plus grand naturel qui soit.

— Pas avec elle du moins, précise-t-il, je l'ai aimée mais sans passion, sans ce sentiment et ce désir incontrôlable qui m'ont submergé lorsque je t'ai rencontrée, toi.

— C'était fort je le reconnais, lui avoué-je, sentant une légère chaleur envahir mes joues, fort au point de t'avoir cédé très vite et de t'avoir pleuré longtemps.

— Tu me plais encore tu sais, s'exclame soudain Hugo tout en saisissant discrètement ma main sur la table du restaurant. Maman ou pas maman, tu me plais toujours.

Ses yeux brillent d'un éclat si chatoyant qu'il me fait penser de suite à ceux de Noah. Ma poitrine se soulève, je ne peux plus me taire.

— J'ai encore quelque chose à te confier, murmuré-je, mais je ne veux pas t'influencer par mes nouvelles confidences. Je ne veux pas que tu te sentes obligé de quoi que se soit.

Les sourcils d'Hugo froncent légèrement tandis que son visage affiche un air curieux et soupçonneux à la fois.

— Il est né quand exactement, Noah ? questionne-t-il à brûle-pourpoint.

Sa question n'est pas anodine, pensé-je, depuis notre premier coup de fil, il a dû compter, supposer...

— Il est né le deux décembre 2007, neuf mois après ton départ, lui lancé-je dans un souffle.

Son regard s'agrandit tandis que ses lèvres s'entrouvrent sans qu'aucun son ne les franchisse. À le voir si remué, je sens ma vue se brouiller.

— Mais il me semble pourtant qu'on avait bien discuté... sur les précautions... enfin, tu comprends ? J'ai peut-être fait une bêtise, ajoute-t-il, tout contrit.

— C'est moi qui ai commis la bêtise, Hugo, j'ai cru être bien protégée mais j'ai omis des jours de prise dans ma contraception.

— Et moi j'ai dû également déraper, souffle-t-il, navré.

Il se passe alors les deux mains sur le visage, expire à fond comme s'il venait de parcourir une longue distance.

— C'est vraiment dommage que tu n'aies point trouvé ma carte avec mon numéro de téléphone à l'hôtel, livre-t-il, confus, car je t'aurais accompagnée, tu sais.

— Tu n'y es pour rien, Hugo et comme tu me l'as

déjà précisé, on ne peut pas revenir en arrière, ce qui est fait, est fait.

— C'est vrai, acquiesce-t-il, je ferais mieux de penser au présent, à nous, à toi, à Noah. Enfin, si tu es d'accord ?

Mon visage rayonne. D'un geste plein d'amour, Hugo me saisit les mains.

— Alors, ce petit garçon est donc mon fils ? lâche-t-il fièrement.

Chapitre 30

La fin de l'année 2010

Avant de quitter la table du restaurant, Hugo examine avec attention la photo de Noah envoyée à l'instant sur son portable. Il note avec contentement tous les traits qui témoignent d'une façon indiscutable de leurs liens de parenté. La forme et la couleur de ses yeux, le dessin délicat de sa petite bouche et ses fins cheveux d'un blond très clair. Je ne sais pas où je peux trouver une quelconque ressemblance avec moi car Noah s'évertue depuis sa naissance à me présenter un copié-collé du faciès de son père, ce double en miniature qui m'a perturbée autant le jour que la nuit.

L'heure est venue de regagner le bureau. Hugo, fidèle à lui-même, m'aide à remettre mon manteau puis se vêt de sa superbe parka d'« homme chic » aux multiples poches et d'une teinte où le vert se fond dans un bleu foncé. Il m'accompagne jusqu'à l'arrêt de tram. J'ai une sensation bizarre à marcher près de lui, sa taille dépasse sensiblement celle de Jérémy et sa carrure est plus marquée. C'est une compagnie toute nouvelle en plein centre-ville de Bordeaux et à deux heures de l'après-midi.

Avant de nous séparer, il me prend timidement par la taille et dépose un sage baiser au coin de mes lèvres.

— Tu n'oublies pas, répète-t-il, tu sais que j'ai grande envie de connaître mon fils. Dans un mois il va fêter ses trois ans et d'ici-là, tu lui auras parlé de moi, n'est-ce-pas ?

— Je te l'ai promis, Hugo, et dans tous les cas on reste en contact. On aura peut-être aussi l'occasion de se revoir comme aujourd'hui ?

— Il suffit de s'organiser et je viens à Bordeaux, me répond-il immédiatement.

Voyant le tram arriver, il me serre encore un peu plus contre lui et m'embrasse de nouveau discrètement.

Maria s'impatiente. Entre deux coups de fils, entre deux visites, elle savoure chacune de mes paroles. La mine épanouie, elle se réjouit d'avance à l'idée de ces futures retrouvailles familiales. Mais avant, elle comprend très bien la tâche délicate qui nous attend, celle de révéler à Noah la vérité sur ses origines.

— Et Florence, elle est au courant ? questionne-t-elle.

— Pas encore, lui dis-je. Nous pensons descendre à Anglet le week-end prochain pour l'informer. Elle ne sera pas étonnée pour notre couple, mais lui apprendre que Noah n'est pas son véritable petit-fils, je crois qu'elle en sera peinée. Néanmoins, je ne suis pas là pour le lui enlever, ce serait trop douloureux et carrément inutile. Elle deviendra une mamie de cœur si cette appellation convient à Noah car je ne vois pas quel nom lui donner. Tu as une idée, toi ?

— Absolument pas, mais tant que ton petit ressent l'amour autour de lui, tout devrait bien se passer, me rassure Maria. Et pour Hugo, j'ai bien compris qu'il compte encore pour toi mais je suppose que tu vas attendre avant d'évoquer sa réapparition dans ta vie ?

— Mis à part toi et Jérémy, personne d'autre n'est au courant et oui, je préfère parler à Noah d'abord et avec l'aide de Jérémy. Il n'a que trois ans et il doit simplement être sécurisé afin qu'il n'éprouve aucun sentiment d'abandon ou de peur.

— Jésus, Marie, Joseph !, on va être bien quand tout sera réglé, soupire Maria en décrochant son téléphone.

Avant de descendre à Anglet, Jérémy et moi discutons longuement. Pour la circonstance, il condescend à lever les yeux de son écran d'ordinateur. Ce bateau sur lequel il s'arrime pour avancer tant bien que mal. Bastien s'y trouve la plupart du temps à bord quand il n'en tient pas le gouvernail. Je ne cache pas ma peine à voir Jérémy s'agripper ainsi pour garder la tête hors de l'eau et à poursuivre obstinément ses séances chez le psy sans

251

parvenir à s'en sortir. Sa vie est une suite de creux et de sommets. Des dénivelés perpétuels, souvent atténués par la simple présence de Noah.

Quand Jérémy et moi arrivons chez Florence, nous attendons l'heure de la sieste de mon petit garçon pour annoncer notre embarrassante nouvelle, liée à notre prochaine séparation.

Dans le regard désolé de la « mamie », la tristesse s'accentue quand nous avouons la vérité sur la naissance de Noah. Je tente de l'apaiser et atténue ses craintes à l'idée de ne plus le revoir. Il lui faudra certainement du temps pour accepter cette douloureuse information. Cependant, je l'invite à la discrétion vis-à-vis du petit, nullement au courant des futurs chamboulements de sa vie.

Durant le week-end, nous évitons de revenir sur cette épineuse conversation. Jérémy reste discret sur les derniers événements vécus à Paris avec son père et je n'évoque pas ma rencontre surprise avec le père de Noah.

Florence se tranquillise concernant Bastien et sa mise au courant de la situation. Elle demande si sa venue à Bordeaux pour l'anniversaire de Noah est toujours d'actualité et ce que l'on prévoit finalement pour les fêtes de Noël.

Dans notre programme de séparation, si l'on peut ainsi le nommer, rien ne changera avant l'année prochaine. L'anniversaire de Noah se fera à Bordeaux avec Jérémy, ses grands-parents et moi. Pour Noël, nous nous retrouverons à Anglet avec mes parents et Bastien.

D'ici-là, le plus dur reste à faire, celui de révéler à mon fils son ascendance.

Quinze jours s'écoulent depuis mon déjeuner avec Hugo. Durant ce temps, nous échangeons quelques SMS. Patiemment, le père de mon fils vit à distance l'évolution de ma séparation. Tout comme Maria qui me voit repousser ce fameux moment où nous allons, Jérémy et moi, apprendre la nouvelle à Noah.

Puis le moment tant redouté arrive. Pour nous faciliter cette inconfortable tâche, nous envisageons une thématique comme support. Un simple livre de coloriage et d'autocollants représentant la vie dans un aéroport et dans un avion. Une idée peut-être stupide mais c'est la seule qui nous vient à l'esprit.

Noah vient de terminer sa sieste. Le temps pluvieux et l'air frais de cette mi-novembre nous encouragent dans notre démarche. Ravi de passer un samedi après-midi à la maison en compagnie de ceux qu'il considère comme ses deux parents, il s'installe joyeusement dans le salon. Assis sur sa petite chaise devant sa table, il ouvre son nouveau livre de coloriage près de sa boîte de feutres.

— Noah, nous devons te parler, commencé-je timidement, te parler de moi, de Jérémy… de toi.

Il lève alors le nez de son « travail », comme il dit, et nous regarde sans trop comprendre. Jérémy prend la relève.

— C'est au sujet de moi d'abord, enchaîne-t-il, quand j'ai rencontré ta maman, eh bien... tu étais déjà là. Tout petit comme un bébé, mais bien là. Comme ta maman était seule, j'ai bien voulu remplacer ton papa.

— Mais tu es bien mon papa, quand même ? questionne Noah, les sourcils légèrement froncés.

— Un papa de remplacement, précisé-je, car ton vrai papa ne sait pas que tu existes, enfin si, mais il ne l'a appris que le mois dernier.

— J'ai combien de papa alors, maman ? demande Noah en ouvrant de grands yeux déconcertés.

— On peut dire que tu en as deux, affirmé-je en le serrant dans mes bras, voyant son inquiétude se manifester.

Jérémy vient à ma rescousse.

— Il y a moi qui t'aime avec mon cœur gros comme ça, explique-t-il tout en écartant ses mains en forme d'une grosse boule et il y a ton vrai papa, celui qui t'a créé avec maman et qui t'aime de la même façon.

— Et il est où ce vrai papa, pourquoi il n'est pas là avec nous ? interroge Noah toujours peu rassuré.

— Comme j'essaie de t'expliquer mon chéri, ton vrai papa n'a pas su pour ta naissance. Mais maintenant qu'il connaît ton existence, il désire vraiment te connaître. Sache qu'il s'appelle Hugo et qu'il conduit des avions.

— Des avions comme dans le livre de coloriage ? s'émerveille Noah en reprenant place sur sa petite chaise.

Jérémy et moi poussons un soupir de soulagement. Un premier cap de passé, peut-être le plus difficile. Mais nous devons poursuivre. Tandis que Noah et son deuxième papa donc, s'adonnent à des recherches plus ciblées et s'appliquent à trouver la tenue vestimentaire d'un pilote de ligne, en quelques coups de fil j'informe la famille. Hugo vient de faire son entrée officielle dans ma vie et dans celle de Noah.

Le lendemain, Jérémy aborde la discussion sur son propre métier. Pour préparer doucement Noah à sa future absence, il lui explique qu'il a de plus en plus de travail et qu'il va être obligé de voyager davantage. « Ce sera plus simple, ajoute-t-il, car ton autre papa, le vrai, viendra certainement jouer avec toi pendant mes longues absences. »

— Mais il peut venir même quand tu es là, hein maman, il peut venir mon vrai papa ? Interroge innocemment Noah.

Embarrassée, j'essaie de trouver une réponse satisfaisante.

— Tu sais, il travaille aussi et il n'est pas toujours libre. Si tu veux, on va lui téléphoner pour lui demander quand il peut venir à Bordeaux.

— D'accord, répond Noah, et peut-être qu'il m'amènera dans le « codpid » ?

Jérémy et moi sourions tendrement avant de réagir à son interrogation.

— Un cockpit, articule gentiment Jérémy.

— Oui, je sais, c'est la cabine où mon vrai papa tient le volant de l'avion et où il y a plein de manettes et de boutons. Un « codpid », insiste Noah.

Nous ne relevons pas, bienheureux d'apprécier sa simple curiosité de petit enfant.

— Pour la visite de la cabine de pilotage, on verra avec ton papa lorsqu'il viendra te voir.

— Chouette, s'exclame Noah, regagnant rapidement sa table de travail, son domaine créatif installé au milieu du salon.

La veille de l'anniversaire de notre petit, Hugo fait escale à Bordeaux. Maria se réjouit de rester seule à l'agence, trop heureuse de ce futur événement, tandis que mes parents renouvellent leur désir d'avoir des photos du petit avec son père. Jérémy s'éloigne de ces festivités, comme il se doit.

Hugo et moi décidons d'aller prendre un goûter sur les quais, dans un restaurant conçu spécialement pour les enfants où ils profitent d'espaces de jeux pour se détendre.

Après avoir garé la Mini Cooper de ma mère sur le parking de l'établissement, Hugo, debout devant la porte d'entrée, vient à notre rencontre. Ses mains enserrent un paquet. Arrivé à notre niveau, il fixe intensément Noah qui, timidement se cache un peu derrière moi. Malgré un soleil radieux, l'air vif nous pique le nez.

Hugo s'accroupit, un sourire éblouissant illumine son visage. Il tend une main vers son fils.

— Bonjour Noah, je m'appelle Hugo et je suis ton papa, ajoute-t-il, bravement.

Noah le dévisage tout en tendant sa menotte vers lui. Hugo la saisit tendrement.

— C'est vrai que tu conduis des avions ? questionne Noah, timidement.

— Oui et un jour, si tu veux, on ira les voir, ces avions.

— Ah, tu vois maman, il va m'y emmener un jour. C'est chouette !

— Oui, c'est super, approuvé-je, mais ce serait bien aussi de s'installer un peu au chaud car ton petit nez va être tout froid bientôt.

Hugo se redresse et sans un mot, Noah laisse sa main dans celle de son père. Mon fils, se sentant en confiance, poursuit son bavardage aéronautique au plus grand bonheur d'Hugo. Et du mien.

Heureuse, je marche près d'eux, satisfaite au passage d'avoir couvert la tête de notre enfant d'un chaud bonnet de laine et de m'être chaussée de bottines fourrées.

Noah déballe le cadeau d'anniversaire de son père. Il découvre un grand coffret renfermant des blocs de bois de couleurs, de formes différentes. De quoi construire et créer toutes sortes de structures au gré de son imagination. Démarrant aussitôt un projet de construction, il range tout quand il voit arriver sa crêpe au chocolat. Une fois rassasié et barbouillé de cacao, il avale quelques gorgées d'eau et remonte sur le manège aux questions.

— Et quand est-ce que tu viens chez nous ? interroge-t-il.

Nos regards se croisent, ennuyés par sa demande.

— J'ai une maison à Paris, tu sais, et je travaille beaucoup aussi mais cela ne m'empêchera pas de te voir, rassure Hugo.

— Mon autre papa, il va avoir beaucoup de travail aussi.

— Mais je serai-là, moi, m'exclamé-je, et tu as aussi mamie Marylène, papy Nicolas, et ta « mamie » Florence qui viendra te voir également !

Noah semble réfléchir.

— Mais toi, t'es jamais venu et t'as jamais joué avec moi, précise-t-il à son père.

— On s'arrangera, tu n'as aucun souci à te faire, le sécurise Hugo. D'ici deux ou trois mois, à la fin de l'hiver, on aura trouvé une solution avec ta maman.

Satisfait de la réponse, Noah nous observe tout en souriant. Puis il repart dans son inlassable curiosité.

— Dis, si t'es mon vrai papa, tu t'appelles comme moi alors, et comme maman ?

Comme deux ballots, on se regarde Hugo et moi. Depuis nos retrouvailles, nous n'avons vraiment pas échangé sur nos identités. D'autres sujets m'ont semblé nettement plus importants tels que d'annoncer la paternité d'Hugo, informer mon fils, la famille et prévoir cette rencontre aujourd'hui. Le reste serait venu naturellement mais Noah précipite les choses.

— Et tu t'appelles comment, toi, déjà ? questionne Hugo essayant de rattraper le coup, ne connaissant pas mon nom de famille.

— Je m'appelle Noah Lemercier et maman, c'est Ambre Lemercier. Et toi, ?

— Moi, c'est Hugo Sandberg.

— Ah, répond Noah, mais il décroche soudain de la conversation. Au fond de la salle, sous l'œil attentionné d'une animatrice, des enfants de son âge en pleine création artistique babillent joyeusement.

Un simple regard et nous comprenons son désir. Hugo l'aide à sortir de son siège et en profite au passage pour l'embrasser sur le front.

Tout heureux, notre enfant s'approche de l'espace ludique tandis que dans mon esprit, je reste accrochée à la réponse de son père, à son nom de famille. Je ne peux m'empêcher de froncer les sourcils et de me revoir en train de déchiffrer son griffonnage parisien. Ces lettres qui m'ont perturbée sur le moment. Je me concentre et fouille au fond de ma mémoire. *Je l'ai entendu où ce nom* ? Soudain, un flash me traverse, un souvenir dérangeant me percute.

— Tu as dit t'appeler « Sandberg » tout-à-l'heure, questionné-je intriguée, mais ce n'est pas un nom de par ici ?

— Non, il est originaire des pays nordiques.

Je sens les battements de mon cœur s'accélérer tandis que les paroles de Bastien retentissent de plus en plus fort.

— Ton père est de là-haut ? sondé-je d'une voix hésitante.

— Non, c'est ma mère, mais que t'arrive-t-il, Ambre, tu ne te sens pas bien ?

— Et ton père, il... il s'appelle comment, alors ? balbutié-je, prête à m'effondrer.

— Duplessis, Adrien Duplessis, mais pourquoi es-tu si troublée ?

ÉPILOGUE

Deux ans plus tard

— Commandant Sandberg, interpelle à voix douce l'hôtesse de l'air qui nous a accueillis à bord il y a une petite heure, vous êtes attendus avec votre fils au poste de pilotage.

— Ah, merci Sonia, nous arrivons, lui répond courtoisement Hugo.

Tandis que cette charmante et avenante jeune femme revêtue de son uniforme bleu marine s'éloigne avec un sourire aimable, je vois Noah tout joyeux qui ne met pas longtemps à se lever de son siège.

— Tu vois maman, chaque fois qu'il peut, papa se débrouille pour qu'on aille visiter un cockpit ! prononce-t-il correctement et avec ravissement. Et cette fois, c'est en plein ciel que je vais le voir ! J'ai de la chance d'avoir un papa pilote.

— C'est vrai et je suis certaine que tu vas être encore un vrai moulin à paroles avec des « pourquoi ? » et des « comment ? » à la clef, répliqué-je en ébouriffant ses beaux cheveux blonds.

Noah se met à rire en venant déposer un baiser sur ma joue et me faire de grandes recommandations.

— Surtout tu ne bouges pas, maman, on revient. Et tu veilles bien sur ma petite sœur, insiste-t-il en tournant un regard attendri sur Rosalie qui dort sagement dans le petit lit fixé à la paroi qui me fait face.

Où pourrais-je bien aller ? pensé-je, avec un bébé de six mois qui vient juste de s'endormir, et en plus à l'intérieur d'un avion en plein vol !

— Tu ne bouges pas ! répète Hugo à voix basse tout en m'adressant un clin d'œil complice. Juste avant de s'éloigner, il se courbe légèrement et vient déposer un délicat baiser sur mes lèvres. Les deux hommes de la famille prennent alors la direction du poste de pilotage.

Avant de m'installer confortablement dans mon siège, beaucoup plus spacieux que ceux de la classe économique, je vérifie si Rosalie est bien au chaud et si son doudou, une marionnette en tissu bariolé, est à portée de sa menotte. En prévision de la fraîcheur ressentie habituellement dans les avions, je l'ai vêtue d'un sarouel et d'un sweat à manches longues assortis. Ses petits pieds sont protégés par une paire de chaussons remontant jusqu'à ses fines chevilles. Une couverture polaire lui procure un cocon douillet. Je m'attarde un instant sur sa frimousse toute ronde, sa bouche en cœur et ses quelques cheveux d'ange qui bouclent à peine. Son père a mis tout son amour pour que ce chérubin soit le portrait craché de Noah. Sous ses paupières closes, deux immenses perles d'un bleu indigo sommeillent.

Il nous reste un peu plus de deux heures de vol avant d'atterrir à Stockholm C'est la deuxième année où nous allons dans la famille maternelle d'Hugo pour rendre visite aux parents de sa mère Erika et à quelques membres du clan Sandberg. Dont je fais partie. En mars 2011, six mois après nos retrouvailles, Hugo m'a épousée et a reconnu son fils. Dix mois plus tard, Rosalie a poussé ses premiers cris.

Bercée par le ronronnement des moteurs et bien couverte également d'un jean, d'un sweat et d'une écharpe légère aux couleurs florales — appréciée par ma nuque plus exposée depuis ma récente coupe de cheveux — j'observe distraitement la mer de nuages qui s'étale sous la carlingue de l'avion.

Mon esprit s'évade vers cette curieuse fin d'année 2010 où j'ai découvert avec stupéfaction les origines de mon mari. Je n'ai pas été la seule à être abasourdie par l'étrange coïncidence. Quand j'ai annoncé la nouvelle à Jérémy, il en est resté bouche bée. Après réflexion, il a conclu que son père Adrien est vraiment le grand-père de Noah. Aussi, par la loi du sang, il a pris un grade par rapport à mon fils, devenant de ce fait son « demi-oncle. » Bastien, en apprenant la nouvelle, a éprouvé une certaine satisfaction, retrouvant une partie de son titre perdu. Pour Florence, la surprenante information l'a à peine perturbée, désireuse avant tout de rester le plus éloignée possible de son ex. De ce fait, pour notre mariage, nous n'avons mis personne dans l'embarras, l'ayant organisé en toute intimité. Pas de face-à-face entre Adrien, Érika et Florence.

Ils ne se croisent pas non plus dans notre nouvelle maison. Une magnifique demeure, entourée d'un jardin ombragé qui se situe dans un quartier paisible et résidentiel de Caudéran. La banlieue chic de Bordeaux.

Le pilote de mon cœur, pour qui je craque quand je le vois revêtu de son bel uniforme et de sa casquette, se trouve à une quinzaine de minutes de l'aéroport en voiture et moi, à peine à cinq minutes à pied de mon nouveau lieu de travail. La deuxième agence immobilière de monsieur David où j'exerce un mi-temps depuis la naissance de notre petite dernière.

Dans notre nouveau logis, j'ai fait la connaissance d'Adrien qui m'est apparu comme un homme fatigué, portant un lourd bagage sur ses épaules. Le bagage de ses inconduites familiales, de ses mensonges.

Hugo n'a jamais rien su des infidélités de son père jusqu'à l'histoire de cette lettre anonyme. Il m'a confié sa grande déception sur le coup et la douleur de voir autant sa mère souffrir ! Il a éprouvé un grand besoin de mettre de la distance avec son paternel. Pendant plus d'un an, il ne lui a pas adressé la parole. Puis la colère s'est calmée et il a rétabli le contact. Leurs échanges sont rares et brefs, ponctués de quelques visites d'Adrien, désireux d'embrasser ses petits-enfants. Quand je rencontre cet homme, je me pose toujours la même question : *Mais comment a-t-il réussi à tromper ainsi son entourage durant vingt ans ?* Cela me paraît invraisemblable.

Érika, la mère d'Hugo, est rentrée rapidement dans notre vie. J'ai de suite apprécié cette femme proche de la cinquantaine et admiré son physique racé. Une beauté nordique d'une grâce toute naturelle avec des yeux d'un bleu plus soutenu que ceux d'Adrien, une peau claire et des cheveux d'un blond… suédois.

Son caractère à la fois doux et franc me comble à chacune de nos entrevues. Je me réjouis de la revoir dans quelques heures.

Entre Hugo et mes parents, tout se passe à merveille. Ma mère reste toujours aussi présente pour s'occuper de nos deux petits, ce qui nous soulage énormément.

Puis la deuxième partie de « l'autre famille », comme dit mon mari, a fini par franchir la porte d'entrée. Il a fallu préparer les esprits, de chaque côté.

Maria nous rend souvent visite en compagnie de son époux, Stéphane, et depuis juillet dernier, de leur petit garçon. Dès la fin de notre séjour suédois, prévue dans une semaine, nous irons fêter les un an de Léo.

Quant à Noah, à l'approche des vacances scolaires, il invite régulièrement Agathe, son ancienne voisine de palier.

Une nouvelle vie se construit lentement avec beaucoup d'aisance pour Noah et moi. Je ne peux en dire autant pour Jérémy. Malgré sa détermination, je réalise toutes les difficultés auxquelles il se heurte pour reprendre confiance en lui. Il ne lâche rien pourtant, soutenu par son frère, sa mère et même son père. Dès mon installation avec Hugo, il s'est éloigné progressivement sans pour autant couper tous les liens. Son attachement pour Noah est bien trop fort et indispensable à son bien-être.

Même si je continue à m'inquiéter pour lui, depuis quelques mois, je suis beaucoup plus sereine. Bastien a quitté la Californie est a intégré une équipe de chercheurs neuroscientifiques à Lausanne, en Suisse. L'espoir de sortir de son fauteuil roulant ne le quitte pas et il sait qu'un jour les progrès de la science y contribueront. Ce retour en Europe a provoqué un feu d'artifices familial. Jérémy n'a pas hésité une seconde à quitter la France pour rejoindre son frère. Ils vont ainsi pouvoir se soutenir mutuellement, entourés de leurs parents.

Et Hugo s'occupera de les transporter, pensé-je, en souriant intérieurement. Entre les aéroports de Paris, Bordeaux, Biarritz et Lausanne, il risque de se retrouver aux commandes de pilotage de leurs avions !

Le bourdonnement des moteurs de celui où je me trouve, finit par calmer l'agitation de mon esprit. Je me sens comme anesthésiée, attirée dans un demi-sommeil qui s'accroît peu à peu.

Je dors profondément quand une sensation de chaleur frôle ma joue. Du fond de ma léthargie, je perçois un léger murmure :

— Réveille-toi, maman, réveille-toi !

Ouvrant péniblement un œil, j'aperçois Noah qui me caresse de sa petite main.

— Réveille-toi, maman, l'avion va descendre !

J'ai dû m'assoupir fortement car je n'arrive pas à réagir. Je vois alors les deux billes bleues de mon fils me regarder intensément, puis, derrière lui, deux yeux identiques me fixer. Soudain, l'espace d'un instant, j'ai l'impression de me retrouver dans un rêve lointain et flou, dans cet endroit où je me suis perdue durant ce voyage de l'autre côté, où ces quatre iris de couleur indigo me contemplaient ardemment. Au même moment, la voix tendre et grave de mon époux me ramène sur terre. Enfin, presque !

— Ma chérie, murmure-t-il, dans deux minutes on commence la descente. Le biberon de Rosalie est prêt, on a plus qu'à s'installer, redresser nos sièges et boucler nos ceintures.

Un court instant, nos regards se cherchent, s'accrochent. Je me fonds alors dans cet horizon à la couleur si profonde, dans ce bleu nuit inaltérable, ce bleu indigo qui m'enveloppe de ce merveilleux sentiment de plénitude et d'amour.

FIN

Remerciements

Me voici de nouveau emportée dans cette merveilleuse spirale de l'imagination, dans ce délicieux plaisir de m'envoler dans une troisième aventure romanesque, m'inspirant parfois de faits réels pour qu'elle soit plus riche. Mais cette expédition ne pourrait trouver sa finalité sans mon entourage.

Merci à toi, Corinne, ma fidèle amie à qui je dédie ce livre. Ton expérience en tant qu'auteure confirmée et tes conseils pertinents m'ont accompagnée jusqu'à la réalisation complète de mon ouvrage.

Merci au précieux soutien de ma famille, merci à mes amies qui ont pris le temps de relire quelques chapitres de mon ouvrage : Sylvie, Valérie, Geneviève, Joëlle, Laurence.

Merci à Antony, aux compétences informatiques indiscutables. Avec habileté et patience, il a réalisé la couverture de « Couleur indigo. »

À vous, mes chers lecteurs, qui m'encouragez par votre impatience à découvrir mes récits fictifs. En souhaitant que l'histoire de mon héroïne, Ambre, vous procure d'agréables moments d'évasion.

Si vous avez envie d'en dire quelques mots, voici mon adresse :

blanchemarine01@protonmail.com